L'Infini

Collection dirigée
par Philippe Sollers

FRANÇOIS CAILLAT

La vraie vie de Cécile G.

roman

GALLIMARD

J'ai rencontré Cécile G. en 1964. C'était à la fin du printemps. Elle traversait le boulevard, en face de la Rotonde du Parc Monceau. Elle a pris la rue Logelbach, l'a remontée sur une centaine de mètres, puis est entrée dans un immeuble où elle a disparu. Je me suis approché pour noter le numéro.

Les jours suivants, je suis retourné plusieurs fois voir si je la trouverais. Je me postais dans la Rotonde, à demi caché sous les arcades, je surveillais la grande allée du Parc et les rues menant au carrefour.

Un après-midi, je me suis approché de l'immeuble, au numéro 35 où je l'avais vue entrer. J'ai scruté les étages, craignant qu'elle ouvre soudain une fenêtre. J'aurais voulu qu'elle soit là mais ignore ma présence.

Je suis retourné en soirée pour observer l'immeuble. J'espérais qu'elle surgirait dans la lumière d'un appartement, derrière un rideau ou penchée à la fenêtre car c'était l'été. Mais elle n'est pas venue et l'été a passé.

À la rentrée, j'avais changé de classe et je traînais souvent avec un nouvel ami, Jean-Guillaume. Il était mauvais élève et portait des chaussures de marque Weston, massives, en cuir marron. Il prétendait que c'était une bonne affaire, elles duraient toute la vie. Je n'avais pas des idées aussi précises sur mon avenir et les chaussures que je porterais quand je serais adulte. Nous avions quatorze ans.

C'était l'automne et je retrouvais l'atmosphère si particulière du Parc en cette saison. Le soleil de fin d'après-midi se perdait dans les arbres. Des tas de feuilles mortes s'accumulaient devant les ruines en bordure de l'étang. Mais le Parc ne m'intéressait plus comme autrefois. Quelques années plus tôt ces lieux avaient servi de camp d'entraînement à la bande de garnements que je menais. Nous ramassions des marrons dans des cageots et entreposions notre butin dans les fourrés.

Un jour que j'étais là avec Jean-Guillaume après l'école, nous l'avons vue venir dans la grande allée.

Elle marchait lentement, un cartable à la main, semblable à une apparition. Elle est passée sans nous regarder et s'est éloignée vers la Rotonde. Après un moment d'hésitation, nous l'avons suivie à bonne distance. Elle a traversé le boulevard puis remonté la rue Logelbach, avant de disparaître dans l'immeuble du numéro 35. Nous n'avons pas osé nous approcher trop près.

Les jours suivants nous avons beaucoup parlé d'elle, nous n'étions pas d'accord. Jean-Guillaume affirmait qu'elle était brune et je me souvenais qu'elle était blonde. Il pensait qu'elle avait dix-huit ans et je la voyais plutôt de notre âge. Un soir, il a fini par affirmer qu'elle n'était pas très belle et nous nous sommes quittés fâchés.

Plusieurs fois je suis revenu seul à cet endroit. La nuit tombait et je longeais lentement la grande allée, d'un bout à l'autre du Parc, feignant de m'intéresser aux arbres et aux nuages. Je craignais d'être arrêté par un gardien qui me suspecterait de préparer un mauvais coup. La jeune fille ne venait pas et j'attendais de plus en plus tard dans l'obscurité, jusqu'à ce que j'entende siffler la fermeture. Je croisais les derniers promeneurs qui se pressaient, je détournais les yeux et j'espérais encore.

Quand je rentrais chez moi, mes parents s'étonnaient de mon retard, ils s'inquiétaient facilement.

Un jour que j'étais avec Jean-Guillaume à discuter sur un banc, elle est passée à côté de nous. Elle nous a frôlés, s'est retournée pour murmurer une excuse et s'est vite éloignée. Nous n'avons pas bougé. J'étais trop fier pour montrer que cette jeune fille me bouleversait. Elle était blonde, très blonde. Jean-Guillaume a fait une moue de dégoût. À partir de ce jour, j'ai décidé de ne plus jamais aller au Parc avec lui.

Une semaine plus tard j'avais fait mon enquête. Elle vivait dans cet immeuble du numéro 35, je l'avais vue entrer un soir et ressortir vêtue différemment le matin. Quelquefois elle changeait de coiffure, tenait les cheveux relevés puis le lendemain les gardait détachés. Je m'habituais à sa vie, à ses transformations, aux détails qui la rendaient si vivante et pleine de variété. Je me disais qu'elle agissait pour moi. Elle me faisait des signes, elle envoyait des messages secrets à mon intention.

Un jour je l'ai vue arriver dans une voiture décapotable. Une voiture de sport comme on en voyait dans les films de l'époque, *L'homme de Rio* ou *Goldfinger*. Le conducteur portait des lunettes noires, il avait au moins trente ans. Je me suis forcé à penser qu'il était trop vieux pour être son amoureux. Quand j'ai remarqué qu'il était dégarni, ça m'a rassuré, j'ai décidé que c'était son père.

Elle est entrée dans l'immeuble sans un regard vers moi, j'étais sûr qu'elle m'avait repéré. J'étais furieux. Je n'avais pas de voiture de sport pour mériter son attention.

C'était le printemps et je les voyais souvent passer dans la décapotable. Ils remontaient lentement la rue, comme pour une procession. Elle laissait pendre son bras à la fenêtre. Son père était fier de s'afficher avec une fille si jolie dans sa voiture de sport.

Bientôt je n'ai plus cherché à me cacher. Quand elle sortait de son immeuble, j'étais posté en face. Si elle marchait dans la rue, je m'arrêtais pour la regarder. Je m'arrangeais toujours pour rester sur le trottoir opposé. Je ne sais pas ce qui serait arrivé si nous nous étions retrouvés face à face.

Le soir, j'allais sous ses fenêtres pour observer. Je savais qu'elle habitait au quatrième étage, je l'avais surprise qui regardait dehors. L'appartement semblait grand mais je n'avais jamais aperçu quelqu'un d'autre à l'intérieur. J'en déduisais qu'elle vivait seule avec son père. Sa mère était morte ou partie habiter ailleurs. Cette idée de les savoir tous les deux seuls dans l'appartement ne me plaisait pas du tout.

Peu à peu elle a commencé à me lancer des regards. Une ou deux fois elle s'est tournée vers moi, qui attendais sur le trottoir opposé, elle m'a dévisagé d'un air contrarié puis est repartie d'un pas vif. Un jour qu'elle passait en face, elle a soudain traversé la rue pour se retrouver devant moi, elle a ralenti, elle attendait que je la rejoigne. J'ai ralenti à mon tour et nous nous sommes suivis d'un pas traînant, à vingt mètres l'un derrière l'autre.

C'est arrivé un jour que je revenais de l'école, dans la grande allée du Parc. Soudain elle était là, devant moi, je ne pouvais pas l'éviter. J'aurais voulu m'enfuir, elle m'empêchait de passer. Elle m'a demandé pourquoi je la suivais sans parler, il était temps que je me décide. Je crois que je suis devenu très rouge, j'ai vite répondu qu'on pourrait se revoir, j'irais la retrouver le jeudi suivant, à quinze heures devant la Rotonde. Elle m'a souri et elle s'est écartée pour me laisser passer. Je suis vite reparti.

J'ai renoué avec Jean-Guillaume. Je lui ai parlé du rendez-vous, je voulais un conseil. Il m'a proposé de venir avec moi pour faciliter la rencontre. J'ai trouvé que c'était une bonne idée, on serait mieux à deux pour faire la conversation. Il m'a demandé comment elle s'appelait et j'ai réalisé qu'elle ne me l'avait pas dit.

Quand nous sommes arrivés au rendez-vous, j'ai tout de suite vu qu'elle était mécontente. Elle a regardé Jean-Guillaume d'un air pincé et s'est excusée, elle devait aussitôt repartir. Elle nous a laissés comme deux idiots, moi avec des phrases que j'avais préparées, Jean-Guillaume avec ses belles chaussures qui allaient lui durer toute la vie.

Je devais prendre mon courage à deux mains, lui parler seul à seul. J'ai pensé aux jeunes gens qu'on voyait dans les films, ils abordaient les filles, ils les faisaient rire avec des bavardages et leur prenaient la main. Même pour les embrasser, ça paraissait facile. J'étais décidé à faire comme eux. Si je savais m'y prendre, elle deviendrait mon amoureuse.

Je l'ai abordée devant chez elle, c'était le matin, j'attendais qu'elle sorte et je lui ai parlé. Je me suis excusé d'être venu avec Jean-Guillaume. Elle a ri, elle m'a dit *On n'a pas besoin de surveillant*. Elle m'a demandé mon nom, j'ai murmuré *Denis* en rougissant, elle m'a touché l'épaule, un petit geste, et elle est vite partie.

Après, tout est allé facilement. J'ai appris qu'elle s'appelait Cécile. Son père était architecte, sa mère ne vivait plus là, ils avaient divorcé. Elle s'exprimait comme une adulte, elle était très sûre d'elle. Tout ce qu'elle disait, j'étais d'accord.

Elle m'a parlé du film *Jeux interdits* qui passait dans le quartier, l'histoire d'une fillette orpheline durant la Deuxième Guerre mondiale. Nous sommes allés au cinéma de la rue Legendre. La séance durait longtemps. Il y avait les actualités, un entracte, un spectacle de cracheur de feu, enfin le grand film. Nous étions côte à côte dans la salle presque vide. Quand les avions allemands ont mitraillé la route et tué les parents de la fillette, Cécile avait les larmes aux yeux. Elle a posé sa tête sur mon épaule et n'a plus bougé. Je n'osais pas l'enlacer, ni la consoler. J'aurais voulu l'embrasser, c'était impossible.

La suite est restée incertaine dans ma tête. Je me souviens d'une autre rencontre. Cécile était comme moi en classe de troisième. Elle devait faire durant le mois de juillet un séjour scolaire en Angleterre, à Plymouth. Par une coïncidence incroyable, je devais suivre un cours de langue là-bas au même moment. Nous avons décidé de nous retrouver. J'étais optimiste, je pensais qu'une vraie histoire d'amour naîtrait enfin. Ce que je n'avais pas su faire à Paris, je le réussirais à Plymouth.

Je lui ai laissé l'adresse de ma famille anglaise.

Ce qui est arrivé, c'est que nous ne nous sommes pas retrouvés à Plymouth. Elle n'a pas écrit pour venir me rejoindre. Et à la rentrée, elle n'est plus jamais apparue aux alentours du Parc Monceau ni dans la rue Logelbach. Je ne l'avais même pas embrassée et l'histoire s'arrêtait. J'ai pensé que ça valait mieux. C'était de ma faute, je n'avais pas eu assez de courage.

Peu après j'ai quitté mon collège pour continuer mes études au lycée Chaptal, à l'autre bout du quartier. Je ne venais plus du côté du Parc. J'avais de nouveaux amis, mes préoccupations avaient changé.

Je me souviens, cela s'est passé sept ans plus tard.

À l'époque j'habitais un grand appartement dans le vingtième arrondissement. Je vivais en colocation avec trois étudiants, deux filles et un garçon, nous poursuivions des études d'histoire à la faculté de Nanterre. Nous avions une existence assez libre, nous fumions beaucoup de joints et quelquefois je dormais avec l'une ou l'autre fille si elle en avait envie. Nous étions quatre bons camarades. Mais le frigo restait toujours vide, personne ne s'en souciait.

Un jour que j'allais voir mes parents dans le quartier Monceau, je me suis souvenu de Cécile. La curiosité l'a emporté. J'ai marché jusqu'à la rue Logelbach. Je me suis arrêté sous les fenêtres de l'adolescente à qui je n'avais jamais osé me déclarer.

Là-haut, il y avait les mêmes rideaux rouges aux fenêtres qu'autrefois. L'appartement n'avait pas bougé.

Cécile devait avoir maintenant vingt ans, nous étions du même âge. Sans doute avait-elle quitté le domicile familial pour mener une existence indépendante. J'imaginais une jeune femme engagée, comme la plupart des filles de ces années 1970. Elle participait au mouvement féministe, elle militait peut-être dans un groupe politique. Je me demandais ce qui arriverait si je la rencontrais dans une manifestation. Elle passerait devant moi avec un regard moqueur. Ou bien nous tomberions dans les bras l'un de l'autre en regrettant d'avoir tardé.

Mais si je ne la reconnaissais pas ? Je gardais le souvenir d'une fillette très blonde qui habitait seule avec son père. Et lui, qu'était-il devenu ? Avait-il toujours sa voiture décapotable ?

J'ai fait le tour du quartier. La voiture de sport n'était pas garée dans les environs. Il faisait une chaleur moite, je longeais lentement les trottoirs en détaillant les véhicules. Finalement je suis entré dans l'immeuble. La loge de la concierge était fermée mais il y avait une liste des locataires affichée à la porte. J'ai lu que MONSIEUR ET MADAME GARANT habitaient au quatrième étage. C'était son appartement.

Je ne me souvenais pas du nom de famille de Cécile, je crois que je ne lui avais pas demandé.

Je suis parti me promener vers la Rotonde. C'était l'été, je longeais les allées du Parc sans rencontrer personne. Je pensais à ce couple, Monsieur et Madame Garant. Cécile m'avait dit que ses parents étaient séparés, sa mère avait quitté l'appartement depuis longtemps. La liste des occupants du quatrième était-elle restée la même après son départ ?

Je me suis assis devant l'étang, au pied des fausses ruines. L'herbe avait jauni, on sentait venir la canicule. J'imaginais que le père de Cécile avait voulu garder intact le souvenir de son épouse. Le nom du couple perpétuait une histoire passée. Chacun pouvait croire que Monsieur et Madame Garant vivaient en harmonie dans cet appartement.

J'étais maintenant sûr que Cécile était partie d'ici. Elle avait quitté l'appartement parce qu'elle n'acceptait plus ce mensonge. Elle ne voulait pas se promener avec son père dans la voiture décapotable comme si tout allait bien. J'aurais aimé qu'elle me confirme les raisons de son départ, je l'aurais approuvée.

Je suis reparti en lui souhaitant intérieurement bonne chance. Sa vie ne me concernait plus, je devais mener la mienne.

C'était à la fin de ma licence d'histoire, je voulais me spécialiser sur l'Extrême-Orient. J'ai obtenu une bourse pour aller étudier au Japon.

J'habitais un minuscule studio à Tokyo. Je suivais des cours dans la journée, en compagnie d'un groupe d'étudiants anglo-saxons. Chaque soir ils partaient dans le quartier chaud pour faire la tournée des bars et monter avec des professionnelles.

Je rêvais d'être amoureux d'une Japonaise. J'ai essayé d'avoir une petite amie, c'était la fille de mon concierge, elle me plaisait beaucoup. On se parlait par gestes mais elle s'est enfuie quand j'ai voulu l'embrasser, on s'était mal compris.

J'ai pensé tenir un journal pour raconter mon séjour. Je remplissais des pages le soir dans mon studio. C'était l'histoire d'un étudiant français avec sa fiancée de Tokyo, je ne renonçais pas à mon idée. Quand j'ai senti que ce serait une histoire ratée, j'ai tout jeté.

Je suis revenu à Paris au bout de six mois. C'était l'hiver, il faisait froid. J'ai retrouvé l'une des filles avec qui j'avais vécu en colocation. Elle s'appelait Martine, elle sortait d'une histoire malheureuse.

Nous nous sommes revus plusieurs fois, nous sentions un élan. Nous avons passé quelques nuits ensemble et finalement nous avons pris un appartement, comme autrefois. Mais cette fois-ci, nous n'étions plus que deux et nous remplissions le frigo.

Nous habitions près de la Bastille, un deux-pièces où nous étions serrés. Martine préparait un concours pour être conservatrice de musée. Elle commençait toujours ses phrases après une petite hésitation, avec une moue. Je ne lui avais jamais dit, j'adorais ça.

J'étais inscrit en thèse d'histoire et j'allais travailler au musée Cernuschi, consacré à l'art d'Extrême-Orient. Pour arriver au musée, en sortant du métro Monceau, je devais traverser le Parc, je longeais son étang romantique, avec les cygnes et les canards.

Un jour que je trouvai le musée fermé, disposant de l'après-midi devant moi, je me suis laissé entraîner aux souvenirs. J'ai parcouru lentement les allées, cherchant à me rappeler tant de moments passés ici. Je repensais à mon enfance, quand je dirigeais mon équipe de ramasseurs de marrons. Et plus tard, adolescent, quand j'avais fait la connaissance de Cécile. Depuis la Rotonde, j'apercevais la rue Logelbach où j'avais guetté l'adolescente durant des semaines, avant qu'elle se décide à me parler.

Mais le temps avait passé, maintenant je vivais avec une jeune femme et nous formions un couple d'étudiants sages, avec la chambre à coucher envahie par les livres et les soirées occupées à travailler.

J'aimais discuter avec Martine, je la trouvais intelligente, elle faisait des raisonnements en triturant ses lunettes rondes. Quelquefois elle devenait très nerveuse, elle disait qu'elle étouffait à cause de la promiscuité. Elle avait un peu changé, je l'avais connue si légère.

C'était un lundi, je revenais du musée Cernuschi. La veille nous nous étions disputés, j'hésitais à rentrer directement à la maison pour vivre une ambiance désagréable.

En sortant du Parc Monceau, j'ai eu soudain un pincement au cœur. Sans comprendre pourquoi, j'ai marché rapidement jusqu'à la rue Logelbach. J'avais l'intuition que quelque chose de nouveau se passait avec Cécile.

Je suis entré dans l'immeuble. À la porte de la loge était affichée la liste des occupants. Au quatrième étage, à la place de MONSIEUR ET MADAME GARANT, c'était écrit : C.G.

Je me suis figé devant ces initiales, je n'arrivais pas m'en détacher.

Mon immobilité a dû durer longtemps. La concierge s'était approchée et m'observait derrière le rideau de sa loge. Puis elle a ouvert la porte et m'a interpellé. J'ai bredouillé quelques mots pour justifier ma présence, je me sentais un peu coupable. La concierge insistait, comme si elle menait une enquête sur ma vie. J'ai fini par avouer que j'étais un ami de… et je désignais les initiales au quatrième étage.

La concierge a hoché la tête, plusieurs fois. Elle avait des yeux perçants et se grattait le cou. J'aurais préféré qu'elle m'apprenne ce qui s'était passé. J'imaginais que le père de Cécile était parti ailleurs, ou peut-être décédé. Sa fille était revenue habiter dans l'appartement vide, je me demandais depuis quand, pourquoi, comment elle vivait, les pensées me pressaient la tête. J'ai cru que la concierge allait se mettre à crier, je suis vite reparti.

Le soir, dans notre petit deux-pièces, je n'ouvrais pas la bouche et Martine m'a dit qu'elle se sentait très oppressée. J'aurais dû lui raconter mon histoire avec Cécile, mais je ne sais pas si elle aurait compris.

Je suis retourné le lendemain. J'ai frappé à la loge, la concierge a écarté le rideau sans ouvrir, elle me scrutait en silence. Mais je n'étais plus disposé à me laisser impressionner. J'ai pris une voix sévère pour demander si je pouvais laisser un mot à destination de… et je désignais à nouveau les deux initiales C.G. sur la liste, comme si cette personne m'était si familière que je ne devais même pas la nommer.

La concierge continuait à me fixer derrière son carreau, j'ai dû montrer un visage impatient pour qu'elle se décide à me répondre, *On ne la voit pas beaucoup chez elle, si vous voulez savoir!* Elle prenait un air entendu, elle me traitait comme un amoureux éconduit. *Repassez dans la semaine!*

Je suis reparti très mécontent.

Le soir, nous nous sommes encore disputés avec Martine. Je ne lui ai pas parlé de Cécile, je ne savais pas ce qui m'avait tellement troublé d'aller là-bas.

Trois années étaient passées. Je n'avais pas l'occasion de revenir dans le quartier de Monceau, le musée Cernuschi ne m'intéressait plus. J'avais interrompu ma thèse et je cherchais à déménager. Martine m'avait quitté.

Je vivais très mal notre séparation, je restais des jours entiers sans sortir. Martine était partie en me disant des choses méchantes, elle m'avait écrit que je n'étais pas *à la hauteur*.

J'ai trouvé un poste de professeur remplaçant, à Garches, dans la banlieue ouest. Je me suis installé dans un studio proche du collège. J'enseignais l'histoire à des élèves de troisième, des adolescents qui me semblaient plus dégourdis que je l'avais été à leur âge. C'étaient surtout des garçons, et aussi quelques filles moqueuses et très déterminées. L'une d'elles ressemblait à Cécile, les mêmes pommettes hautes.

J'avais vingt-sept ans. La vie au collège était fastidieuse, la plupart des professeurs s'ennuyaient. Certains essayaient de se distraire en multipliant les aventures d'un soir. Je n'étais pas tenté par ce genre d'expériences, mais cela m'est arrivé parfois avec de jeunes enseignantes. C'étaient des empoignades déchaînées, des séances de gymnastique avec beaucoup de transpiration. Ensuite l'affaire se concluait comme un conseil de classe où on passait en revue nos élèves communs. Et le lendemain, juste un clin d'œil en se croisant dans le couloir.

Je me souviens de deux prénoms, Isabelle et Corinne. À la fin de l'année, j'étais découragé d'avoir éprouvé si peu de sentiment.

Je pensais au grand amour, un couple parti pour durer toute la vie. Je n'en connaissais aucun mais c'était sans doute possible. J'imaginais ma relation avec Cécile, si notre rencontre s'était poursuivie. Aujourd'hui nous aurions déjà passé de longues années ensemble.

Un soir, après les cours, je suis allé rue Logelbach. Au quatrième étage, les lumières étaient allumées derrière les rideaux rouges. Je suis resté un moment en espérant qu'une ombre passerait. Tout demeurait immobile. Je ne pouvais pas me décider à entrer dans l'immeuble. À minuit je suis reparti pour attraper mon train de banlieue à la gare Saint-Lazare.

Je suis revenu deux jours plus tard, profitant d'une matinée libre au collège. C'était le printemps, les arbres du boulevard débordaient de feuillage, j'étais heureux de retrouver le quartier comme autrefois.

Je me suis posté sous un porche, non loin de son immeuble.

En fin de matinée j'attendais encore, je ne savais plus très bien pourquoi je patientais si longtemps. Un jeune type qui promenait son chien-loup est repassé plusieurs fois devant moi, il me dévisageait avec hargne. J'ai préféré m'en aller avant qu'il me cherche des ennuis.

Le lendemain, j'étais de nouveau là. Il était onze heures, je commençais à me décourager quand une femme a surgi de l'immeuble. Elle portait un béret, ses cheveux tombaient sur les épaules, très blonds, la même couleur, c'était Cécile. J'étais si troublé que je n'ai pas vu qu'elle se dirigeait vers moi, elle allait me croiser et je serais obligé de lui parler. Heureusement elle a traversé la rue et s'est éloignée vers le boulevard de Courcelles.

Je l'ai suivie à distance. Je la trouvais très élégante. Elle était vêtue d'une jupe courte et de bottes montantes. C'est surtout son béret marron qui lui donnait tant d'allure. Elle travaillait sans doute dans la publicité, ou elle était mannequin. Je ne me souvenais pas qu'elle était si mince, si grande, mais elle avait pu changer depuis le temps, je l'avais connue adolescente. Est-ce qu'elle reconnaîtrait dans ma silhouette de trentenaire le jeune garçon qui la suivait dans la rue autrefois ?

Arrivée sur la place Villiers, elle est entrée dans l'un des grands cafés. Je l'ai vue qui s'installait au fond. J'ai ralenti mes pas pour observer. Un garçon lui apportait une boisson et restait à discuter avec elle.

J'ai traîné un long moment devant le café, je détaillais la carte à l'extérieur, je faisais mine d'étudier attentivement les prix de chaque plat. Un serveur a fini par sortir et m'a demandé ce que j'aimerais manger. J'ai bafouillé que je reviendrais pour l'heure du déjeuner et j'ai filé.

C'était à la fin des années 1970, j'ai retrouvé Jean-Guillaume par hasard. Il dînait avec un couple au restaurant, il m'a aperçu dans la rue. J'étais étonné de le revoir après tant d'années, je me demandais si j'avais autant vieilli que lui. Il portait un costume anthracite de belle facture, comme ses chaussures autrefois.

Il m'a présenté avec effusion, il a expliqué que j'étais un grand ami d'enfance, son meilleur ami depuis toujours. J'approuvais de la tête pour ne pas gâcher le plaisir. Le couple à sa table me dévisageait avec étonnement, presque du dédain, surtout la femme, une grande rousse aux mains pleines de bijoux, je sentais que je lui étais très antipathique.

Jean-Guillaume continuait de parler, je restais debout, il ne me proposait pas de m'asseoir avec eux, cela durait. Pour finir il m'a donné rendez-vous le surlendemain dans une brasserie près du parc Monceau. Il a baissé la voix, *Je viens d'acheter un cinq-pièces dans le quartier…* Il m'a dit ça en clignant de l'œil, comme pour une affaire louche.

J'appréhendais ce dîner de retrouvailles, j'imaginais le pire. Finalement nous avons passé une soirée agréable. Nous étions deux gamins, nous parlions fort et racontions nos vies. Jean-Guillaume commandait les meilleurs plats et les vins les plus chers.

Le mauvais élève était devenu chef d'entreprise et énumérait ses succès financiers. Il me montrait sa chevalière au doigt, il se vantait de ses conquêtes, à trente ans il avait une femme et deux maîtresses, il en parlait de manière détachée, ravi de son indépendance. J'étais ébahi par ses certitudes, son aisance, rien ne pouvait l'ébranler. Je me disais qu'il avait peut-être raison, les chaussures durent toute la vie si on sait mettre le prix.

Nous buvions notre troisième bouteille et son œil a soudain brillé. *Alors ta Cécile, tu ne l'as pas épousée?* Il me dévisageait d'un air vorace, comme si j'allais lui apporter une affaire. *Non, hélas rien…* J'ai raconté comment l'histoire n'avait jamais eu lieu, j'ai parlé du voyage en Angleterre, le rendez-vous manqué, puis mon idée de la revoir, ma visite rue Logelbach, la concierge maussade, ça n'aboutissait pas.

Jean-Guillaume s'est redressé. *On y va! On y va tout de suite!* Il s'est mis à gesticuler, à crier, c'était aussi l'effet du vin, il a rempli son verre à ras bord et l'a avalé d'un trait, il appelait le serveur, il voulait partir immédiatement, je n'ai rien pu faire pour l'empêcher.

Nous avons marché dans la nuit, c'était l'hiver, un froid glacial, nous avancions comme deux ivrognes attirés par une dernière bouteille.

Après la Rotonde, nous avons traversé le boulevard de Courcelles et longé les façades jusqu'au numéro 35. Toutes les fenêtres étaient éteintes. Jean-Guillaume a voulu entrer dans l'immeuble.

À l'intérieur la minuterie ne marchait pas, j'ai allumé un briquet. Je lui ai montré la liste des occupants. Au quatrième étage, c'était écrit AGENCE GECE. Jean-Guillaume s'est exclamé, *C'est quoi ce truc, Denis? Elle a foutu le camp!*, et il riait en me donnant des grandes claques dans le dos, on a entendu une voix dans la loge, la concierge a crié pour demander ce qui se passait, je suis vite ressorti. Jean-Guillaume m'a suivi, nous nous sommes enfuis comme des voleurs.

Les jours suivants Jean-Guillaume a proposé qu'on se revoie, il me téléphonait, il évoquait notre soirée avec enthousiasme, je différais, je trouvais des prétextes, il a fini par renoncer. J'avais tort, quelques années plus tard j'aurais aimé savoir ce qu'il devenait, vérifier si nos vies continuaient à s'écarter. C'est très intéressant, ce mystère, comment on peut rester amis quand tout nous sépare.

Je n'avais rien dit sur le moment, mais j'avais deviné que l'agence GECE, cela voulait dire G.C., Garant Cécile. La jeune femme habitait encore l'immeuble sous un nom de société. Si Jean-Guillaume l'avait compris, il m'aurait entraîné chez elle et il aurait sonné. Je nous imaginais tous les trois sur le palier, les mêmes qui se revoient quinze ans après, une femme en chemise de nuit face à deux alcooliques.

Cela n'était pas arrivé, heureusement, mais cette équipée me ramenait en arrière. J'avais oublié Cécile ces dernières années et Jean-Guillaume me la remettait maintenant devant les yeux.

Je ne pouvais pas en rester là, je devais la revoir.

J'ai pensé que je ne pouvais pas arriver chez elle à l'improviste. Il s'était passé trop de temps, je devais m'annoncer. Le plus simple serait de lui téléphoner.

Je suis allé à la Poste pour consulter le bottin. J'ai regardé les adresses professionnelles dans les Pages Jaunes. Aucune agence GECE n'y figurait.

J'ai pris les Pages Blanches pour les domiciles privés. J'ai cherché Cécile Garant, elle ne figurait pas. Le nom Garant existait ailleurs dans Paris, mais sans le prénom Cécile. J'ai élargi ma recherche. Il y avait des milliers d'abonnés à la lettre G, quelques centaines avec le prénom Cécile, douze se nommaient Gece ou Gécé, personne n'habitait rue Logelbach.

J'ai appelé les renseignements pour avoir le téléphone d'un dénommé C.G., habitant 35 rue Logelbach. Après une courte recherche, la postière m'a confirmé qu'aucun abonné ne figurait à l'adresse avec ces initiales ou avec un nom commençant par la lettre G.

J'ai demandé avec le nom GECE, il n'y avait rien non plus. Comme je m'étonnais, la femme m'a dit que l'immeuble comportait peu d'abonnés, le téléphone n'était pas installé à tous les étages. Je me suis énervé, j'ai dit que l'entreprise GECE me causait un gros préjudice et que j'allais lui envoyer un huissier, je devais savoir si l'adresse était bonne. La femme m'a répliqué sèchement qu'une telle recherche était impossible, je devais aller trouver le concierge de l'immeuble.

J'ai rappelé en imitant une autre voix, au cas où ce serait la même femme qui répondrait. J'ai dit que je recevais des lettres anonymes menaçantes, signées C.G., je soupçonnais un voisin de la rue Logelbach. J'étais sûrement convaincant car la postière a pris le temps de vérifier tous les immeubles de la rue. Elle examinait les abonnés l'un après l'autre, elle se désolait de ne rien trouver. Finalement elle m'a conseillé de m'adresser à la police, elle m'a donné le numéro du commissariat en me souhaitant bonne chance.

Si l'agence GECE ne figurait pas encore dans l'annuaire, c'était que la société avait été créée récemment. Cécile se lançait sans doute dans les affaires. La fois précédente, quand je l'avais suivie dans la rue, j'avais pensé qu'elle était mannequin. Mais elle avait aujourd'hui trente ans, elle devenait trop âgée pour cette profession. J'imaginais plutôt une agence de mode, ou du prêt-à-porter que la jeune femme fabriquait sous sa griffe.

Je mesurais maintenant combien sa vie différait de la mienne. J'étais un petit professeur d'histoire dans un collège de banlieue. Cécile fréquentait des milieux fortunés, elle créait des vêtements pour des femmes célèbres ou des artistes en vogue.

Si je devais me présenter à Cécile, mon apparence allait compter. Il fallait me préparer.

J'ai cherché dans plusieurs magasins et pris le temps de trouver la tenue appropriée. J'ai choisi une veste de daim avec de longues franges. J'ai complété avec un jean troué et des chaussures montantes. Quand je me suis regardé dans la glace, j'ai trouvé que j'avais bonne allure, genre trappeur, homme audacieux. Cécile ne devinerait pas ma vie terne et mon studio sans joie.

Un matin je me suis décidé. Je suis allé rue Logelbach d'un pas rapide et j'ai marché jusqu'au numéro 35. Le temps était splendide, j'imaginais que nous pourrions aller nous promener ensemble au Parc comme autrefois. Et cette fois-ci je lui prendrais la main.

J'allais entrer dans l'immeuble quand une jeune femme a jailli brusquement et m'a bousculé sans s'excuser. Le temps que je reprenne mes esprits, j'ai vu s'éloigner cette femme svelte et très blonde. J'ai reconnu aussitôt dans sa démarche l'allure de Cécile. Je n'ai pas hésité, je l'ai suivie.

Elle marchait à cent mètres devant moi, elle traversait déjà le boulevard sans se soucier des voitures et s'engouffrait dans la station Monceau. Je me suis dépêché de descendre à mon tour.

En bas le métro arrivait, j'ai eu le temps de sauter dans le même wagon qu'elle.

Je l'observais de loin sur sa banquette. Je retrouvais les traits de Cécile adolescente, le nez fin, les pommettes hautes. J'étais pressé de l'aborder mais je me retenais, je ne voulais pas qu'elle imagine une tentative de séduction comme on en voit tellement dans le métro.

En attendant de lui parler, je me concentrais sur sa tenue. Sa jupe fendue, ses bas en dentelle, le manteau rose, elle avait changé de style depuis la dernière fois, elle était moins sobre, presque criarde, et pourtant tellement séduisante. Elle me plaisait comme le premier jour où je l'avais croisée au Parc.

Le métro est arrivé à la station Clichy, Cécile est descendue. Je l'ai suivie dans l'escalier, nous sommes sortis l'un derrière l'autre sur la place. Elle a marché vers une librairie à deux pas de la station. Je suis entré à mon tour.

La boutique était vaste, je pouvais me fondre dans les rayons. J'ai fait semblant de m'intéresser aux dernières parutions.

Cécile a disparu quelques instants puis est revenue sans son manteau. Elle a discuté avec la caissière. Les deux femmes semblaient familières et j'ai pensé que Cécile travaillait ici comme vendeuse. Cela ne correspondait pas à ce que j'imaginais avec l'agence GECE, mais j'étais prêt à m'adapter à sa vie.

À cet instant Cécile a quitté la caisse pour venir vers moi. Elle m'a dévisagé mais je ne suis pas sûr qu'elle m'ait reconnu, elle regardait ma veste à franges, elle détaillait ma tenue. J'allais me présenter quand elle a attrapé un livre sur le présentoir et l'a brandi vers sa collègue. *Jacqueline, il faut réassortir les Ajar!* J'étais stupéfait d'entendre sa voix. Pas son timbre, mais son intonation. Son accent. Elle prononçait *Ajarreu*, elle allongeait les voyelles, elle avait l'accent du Midi. *Tu le notes, « Vie et mort d'Émile Ajar »!* Elle continuait à interpeller sa collègue avec sa voix traînante. Je m'étais trompé, ce n'était pas Cécile.

J'ai passé l'après-midi dans la grande brasserie Wepler de la place Clichy. J'étais désespéré par ma déconvenue. J'avalais à la file des quarts de vin blanc.

La nuit est tombée. J'hésitais à rentrer dans mon studio de banlieue et renoncer à Cécile. Quelques verres de plus et je croyais de nouveau à ma chance. J'ai commandé une choucroute garnie, je me suis jeté sur les saucisses.

Le temps passait, je n'avais pas vu qu'il était deux heures du matin, trop tard pour attraper mon train, et les serveurs tournaient pour signifier que l'établissement allait bientôt fermer. J'ai repris un quart de blanc, je l'ai bu d'un trait et je me suis levé. Je titubais. Dehors l'air vif m'a redonné un peu de tonus. J'ai pensé que je retrouverais mes esprits en marchant et j'ai suivi le boulevard de Clichy en direction de l'Étoile.

Je me traînais, le quartier était vide. Je suis arrivé devant le Parc Monceau. J'étais étonné de ma détermination, j'allais monter chez Cécile, je l'avais décidé.

En entrant dans l'immeuble, j'ai fait attention à ne pas réveiller la concierge. Je suis monté au quatrième en ôtant mes chaussures. Je repensais à ma virée avec Jean-Guillaume quelques mois plus tôt, quand nous étions devant la loge et qu'il me donnait des bourrades en riant. C'était maintenant à mon tour de rire, j'éclatais de rire intérieurement, peut-être très fort, tellement saoul que je ne distinguais plus entre moi et dehors, je faisais corps avec ce qui m'entourait, je mélangeais les temps, je prévoyais de sonner à la porte de Cécile mais j'écrasais déjà sa sonnette depuis plusieurs minutes, je m'apprêtais à tambouriner et j'entendais les coups résonner sur la porte, je riais très fort, je transpirais, j'avais des éclairs dans les yeux… Et puis, rien. Le trou noir. Le vide. Je suis tombé dans les pommes.

Quand je me suis réveillé à l'aube, j'étais couché sur le palier. J'avais mal à la nuque et j'ai pensé qu'on m'avait assommé. J'ai regardé autour de moi, ça sentait fort, du vomi sur le tapis, mes manches étaient gluantes. J'ai senti le froid sur mes jambes, j'ai vu que j'étais en slip et en chaussettes. Mon pantalon traînait trois marches plus bas, avec ma veste en daim roulée en boule.

Mes chaussures avaient disparu.

C'était le printemps et j'essayais de ne plus penser à Cécile et à ce qui s'était passé ce soir-là.

Je poursuivais mes cours au collège d'un ton morne, je n'espérais rien d'autre que les prochains congés. Mes élèves profitaient de mon abattement pour s'endormir en classe, certains jouaient aux cartes, je laissais faire.

Une nouvelle enseignante est arrivée pour remplacer un collègue malade. Elle me montrait qu'elle s'intéressait à moi, elle me faisait des gestes amicaux en passant dans le couloir. Elle était jeune et joyeuse, autrefois j'aurais noué le contact. J'étais dégoûté à la seule idée de lui plaire. Si je m'imaginais lui sourire, je voyais aussitôt mon slip baignant dans le vomi.

Le soir, je ne bougeais plus de mon studio. J'entendais l'animation dans un café voisin, avec souvent des matchs de foot, je ne me décidais pas à descendre boire un verre. Je me contentais de lire et relire le même journal. Ensuite je m'endormais et je faisais d'affreux rêves où j'étais poursuivi et finalement guillotiné.

Je n'avais plus d'amie depuis longtemps, je ne faisais jamais l'amour. Mon corps a fini par me tourmenter. Un dimanche j'ai décidé d'aller voir une prostituée. Je n'avais pas envie d'une fille bienveillante, je voulais une travailleuse obscure, une femme qui n'attendrait rien d'autre de moi que mon argent.

Je suis allé dans le quartier de Sébastopol, j'ai parcouru les ruelles et j'ai choisi la plus revêche. Je suis monté avec elle, cinq étages d'un immeuble minable. En haut de l'escalier, un type patibulaire m'a scruté avant que j'entre dans une des chambres. Il surveillait le trafic, une dizaine de clients. Tout s'est passé très vite, les draps étaient sales, j'étais déjà dehors avant d'avoir pu penser à ce que je faisais.

Le lendemain, durant mes cours, je me demandais ce que penseraient les élèves s'ils découvraient ma vie. Ils étaient jeunes, adolescents comme Cécile et moi autrefois, pleins d'espoir, ensuite quelque chose avait dû rater. Je ne savais pas ce qui s'était mal passé avec Cécile. J'aurais dû l'embrasser quand nous étions au cinéma.

Je suis retourné dans le quartier la semaine suivante. La femme n'était pas là et je suis monté avec une prostituée âgée. Elle était plus affectueuse que l'autre. Elle m'a demandé si j'avais eu des soucis récemment, je n'avais pas le profil de ses clients habituels. Je me suis détendu et la séance s'est mieux passée que la fois précédente.

J'y suis retourné encore. J'y allais maintenant chaque semaine, le vendredi soir après mon dernier cours. Je montais seulement avec la femme âgée. Si elle n'était pas libre, j'attendais au café qu'elle ait fini avec son client précédent. Nous avions une relation suivie, fidèle, presque amicale. Elle s'appelait Suzette, c'était le prénom qu'elle se donnait, elle l'avait choisi à cause de sa sonorité traditionnelle, presque paysanne. Elle disait *Moi, je travaille à l'ancienne.* Je la trouvais différente des autres prostituées. Elle regardait venir les hommes sur le trottoir d'un air altier, comme si elle était seule à décider, à choisir le meilleur partenaire pour prendre du bon temps avec lui. Elle gardait la main.

J'avais de l'estime pour elle, elle me donnait confiance et m'accueillait en disant *Voilà le beau*

Denis. J'ai fini par ne plus voir la différence avec une femme que je ne payerais pas.

Un jour qu'elle n'était pas dans la rue, je l'ai attendue longtemps au café. Je la savais arrangeante sur les horaires, elle pouvait prolonger une passe sans compter. Son retard a fini par me rendre jaloux, je suis monté avec une autre prostituée, une superbe fille africaine. Cela s'est très mal passé. Elle m'a traité brutalement, elle me parlait à peine et m'a chassé sans ménagement après avoir bâclé l'affaire.

Le lendemain, je suis revenu trouver Suzette. Je l'ai aperçue sur le trottoir, à discuter avec l'Africaine qui m'avait malmené. En m'apercevant, les deux femmes ont commencé à rire et j'ai pensé qu'elles se moquaient de moi. Le temps que j'arrive, elles ont filé ensemble dans une entrée d'immeuble.

Je ne suis plus jamais retourné dans le quartier.

J'ai repris mon existence monotone au collège. Je débitais le cours d'histoire et mes élèves n'écoutaient rien. Avec le printemps, je sentais monter la sève dans ma classe d'adolescents.

Je repensais à Cécile à cet âge, elle était drôle et assurée, elle paraissait déjà adulte. Et depuis elle avait tracé sa voie. À trente ans, elle possédait son agence, un métier, une vie sans doute agréable. J'étais sûr qu'elle avait trouvé l'homme qui lui convenait. Elle ne perdait pas son temps comme moi.

J'ai cherché à me rapprocher de la jeune professeure qui était arrivée au collège. Je n'avais pas répondu à ses avances, elle n'avait pas insisté. Cette fois-ci, c'est moi qui me manifestais. Elle s'appelait Anna et enseignait l'espagnol dans une classe voisine. Je lui faisais des sourires en passant dans le couloir. Elle me plaisait beaucoup, elle avait une frange noire et je regardais ses longues jambes.

Cela a duré tout le printemps. Je me débrouillais pour la croiser par hasard dans la salle des professeurs, je m'installais à sa table à la cantine. Mais rien n'avançait, je ne savais pas ce qu'elle attendait.

Un jour de juin, lors d'une sortie scolaire, nous nous sommes embrassés furtivement au fond de l'autocar. J'ai senti son odeur fraîche, ses muscles tendus, je devinais un corps sportif, je n'avais jamais connu une femme sportive, c'était une découverte amoureuse.

Nous étions à la veille des grandes vacances et j'hésitais. Le collège allait fermer pour l'été, nous n'aurions plus l'occasion de nous voir. Il fallait sauter le pas ou renoncer. Je ne voulais pas attendre la rentrée et je lui ai proposé de partir quelques jours en juillet. Elle a paru hésiter, j'étais prêt à m'excuser de mon aplomb, mais c'était inutile, nous étions tous les deux d'accord pour commencer une histoire.

Nous sommes partis en Espagne sur la Costa Brava. Anna était joyeuse, elle se promenait en short ultracourt et m'entraînait chaque nuit dans les bars, c'était l'époque de la Movida, elle buvait comme un matelot. Le matin on partait faire des promenades sur la plage, j'avais du mal à la suivre dans ses longues enjambées, mais je ne voulais pas la décevoir, j'étais excité comme un adolescent. Je nous voyais déjà vivre en couple, j'avais oublié comment cela s'était passé avec Martine.

Je n'ai pas vu quand elle a commencé à s'ennuyer. Elle me parlait moins, s'impatientait durant nos repas en tête à tête, faisait la grimace quand les sujets de conversation devenaient trop sérieux. Ensuite elle a espacé les siestes amoureuses en prétextant la canicule qui lui faisait mal à la tête. À la fin elle se promenait avec moi comme si on était seulement des amis.

De retour à Paris fin juillet, nous n'avions pas de projet commun pour la suite des vacances. Anna a décidé de rejoindre des amis en Bretagne. Elle se montrait très gentille et je n'osais pas lui demander pourquoi je ne l'intéressais plus. Peut-être que tout était allé trop vite, on avait brûlé les étapes. Collègues, amants, conjoints, et maintenant le divorce à l'amiable.

Nous nous sommes séparés sans le dire.

J'ai passé le mois d'août enfermé dans mon studio de Garches. Je me nourrissais à peine, les volets restaient fermés. Une ou deux fois le téléphone a sonné et je n'ai pas répondu.

Quelques jours avant la rentrée, j'ai écrit au directeur pour lui dire que je ne reprendrais pas les cours.

Après, je ne me souviens plus à quel moment, j'ai quitté le studio de Garches et suis revenu à Paris. J'ai loué un trois-pièces à Belleville. L'agence immobilière voulait des garanties, j'ai trafiqué mes anciennes feuilles de salaire, j'ai changé les dates pour faire croire que j'étais encore enseignant. J'ai raconté que j'étais marié avec Anna, elle était enceinte et il nous fallait une chambre d'enfant. Je devais être convaincant, ils n'ont pas vérifié.

Je n'avais pas d'économies, je me mettais en difficulté en prenant cet appartement trop grand pour moi. J'ai cherché un revenu provisoire, des articles pour un magazine d'histoire, ça ne rapportait pas gros et l'argent partait vite. À ma banque, ils ont vu que les salaires de professeur avaient cessé, ils m'ont retiré le carnet de chèques dès que j'ai eu un découvert. J'ai protesté, ils m'ont chassé, je devenais un paria.

Je repensais à Cécile, à ce qu'elle était devenue. Je ne pouvais plus m'imaginer avec elle. Je me levais tard, je passais mes journées au café. Rien ne m'habitait, pas de projets, aucun désir. Je me laissais attraper par le vent. J'avais trouvé un mot dans le dictionnaire, *déliter*, le terme me convenait, je pensais qu'il décrivait bien mon état : *je me délitais.*

Quelquefois je suivais des filles dans la rue, sans but précis, avec pour seule idée de les suivre. Si l'une d'elles m'avait fait face, je me serais sauvé. Je n'espérais pas une histoire, même pas une rencontre. J'étais le type qui suit des femmes, l'impuissant, un pantin.

J'ai pensé que je n'étais pas fait pour les femmes, il fallait l'accepter. Mon salut passait peut-être par les hommes.

Je me suis demandé comment en rencontrer. Je ne savais pas du tout comment m'y prendre. Il fallait que j'éprouve du sentiment, au moins une attirance. Au collège j'avais connu un jeune enseignant qui ne faisait pas mystère de son goût pour les garçons, mais il ne me plaisait pas, je n'avais pas envie d'aller le voir. Je préférais me lier avec un inconnu.

J'ai consulté un guide spécialisé et j'ai noté plusieurs adresses. Je cherchais un lieu tranquille pour me faire des amis.

Un soir, je me suis décidé, j'ai choisi l'annonce qui semblait la plus attractive. C'était près de la gare Saint-Lazare, dans un gros immeuble de bureaux, avec une entrée discrète devant un escalier. J'ai payé et je suis descendu au deuxième sous-sol. En bas, il y avait une forte odeur de produit détergent et tout était dans la pénombre. Je me suis aventuré prudemment, j'avais l'impression de vivre une expédition clandestine, c'était très excitant. Mais j'ai très vite compris que ce n'était pas un club pour faire des connaissances et discuter. Il y avait un sauna, des douches, des cabines équipées d'une banquette, et une quinzaine d'hommes nus qui se regardaient en silence. J'étais très étonné que personne ne se parle, on aurait dit une cérémonie secrète, avec ces corps excités dans l'air moite.

Je me suis installé dans un coin. Je transpirais, je n'osais pas me dévêtir complètement et gardais ma serviette. Les hommes se dévisageaient sans bouger, parfois deux se levaient et allaient s'enfermer ensemble dans une cabine, puis ils en ressortaient quelques minutes plus tard d'un air indifférent. J'étais fasciné par leur manège. Heureusement personne ne s'intéressait à moi, je n'étais pas obligé d'y participer.

Je n'ai pas vu le temps passer. Je suis resté immobile toute la soirée, captivé par le spectacle.

Les jours suivants, j'ai réfléchi. Je n'avais pas trouvé ce que j'espérais, mais je ne devais pas me décourager. Je me demandais si ce club était toujours consacré à de brèves étreintes, ou si je pourrais un jour y faire une vraie rencontre. Et peut-être même connaître l'amour.

J'y suis retourné pour avoir le cœur net. Une fois, puis une autre, et finalement plusieurs jours de suite. Les soirées se ressemblaient mais je m'approchais maintenant plus près des hommes, je me mêlais à leur rite, parfois j'acceptais des caresses ou j'en donnais. Les corps musclés, la chaleur du sauna, les halètements dans le noir, je n'avais jamais connu cela, je voulais continuer l'expérience.

Cela a duré un mois et je commençais à me lasser. Je n'étais pas du même monde que ces garçons, je le sentais. La plupart ne me regardaient pas, indifférents à ma présence. Et même quand ils me caressaient, ils avaient l'air perplexes. Je demeurais étranger à leur sexe, j'étais à la marge, demi-homo, genre incertain. Ils le devinaient.

C'est à cette époque que ma sœur aînée m'a appelé. On ne s'était pas vus depuis longtemps, elle habitait Bordeaux. Elle m'a demandé de mes nouvelles. Je pouvais lui parler en confiance, elle ne jugeait jamais. J'ai dit que j'étais dans une période un peu flottante, mais je n'ai pas détaillé, mes difficultés avec les femmes, les hommes, sans compter que je n'avais plus de métier fixe. Je crois qu'elle a tout deviné. Elle m'a proposé d'aller la voir.

J'ai passé quelques semaines chez elle. Elle habitait un petit deux-pièces au centre de Bordeaux, seule avec son chat. Elle était partie à seize ans de chez les parents, elle voulait connaître la vie, à l'époque personne n'aurait pu l'empêcher. Je crois qu'elle avait fait le tour du monde et vécu beaucoup d'expériences, mais elle ne s'en vantait pas, elle se contentait de hocher la tête avec un sourire. Maintenant elle gagnait sa vie dans la photo, des reportages sur la région, des enquêtes. Elle s'était rangée.

Elle m'a accueilli sans poser de questions. Je l'aimais beaucoup, Laurence, je me sentais bien avec elle. Le problème, c'était plutôt son chat, une bête énorme qui me surveillait d'un air méchant. Laurence l'avait nommé Laurent par dérision, ils formaient un couple homonyme. Dès qu'il était seul avec moi, Laurent me sautait dessus en sortant ses griffes. Je me défendais comme je pouvais, une fois j'ai pris un couteau de cuisine, j'aurais pu faire un carnage.

Laurence laissait venir les discussions. Elle voulait me donner quelques conseils, mais sans avoir l'air, ne pas faire la fille qui sait tout. Je crois bien qu'elle savait tout. Elle avait dû en connaître dans ses voyages, des gars paumés, des situations tordues, des extases et des passages à vide. J'étais sûr qu'elle pouvait me comprendre.

J'ai fini par lui parler de Cécile. Elle hésitait à me donner son avis, elle m'a fait reprendre l'histoire du début, la Rotonde, le Parc Monceau, elle était étonnée que ça m'ait poursuivi si longtemps. Après, elle m'a dit que je serais déçu de retrouver Cécile, mais je devais en passer par là. Une fois que je l'aurais revue, ma tête serait débarrassée.

Je crois que j'aurais préféré qu'elle me dise le contraire. Qu'elle me conseille de laisser tomber.

On en a reparlé quelques jours après. Nous étions au bassin d'Arcachon, Laurence avait une commande de photos à faire sur l'océan. C'était l'automne, le ciel mouillé, le Cap-Ferret mélancolique. Ma sœur était troublée par un épisode que je lui avais raconté. La nuit en slip sur le palier. Elle voulait savoir ce qui s'était passé, si je n'étais pas entré de force dans l'appartement de Cécile, avec la suite facile à deviner. Elle ne rigolait pas avec ce genre de choses, Laurence.

Je n'étais pas fier qu'elle imagine ça de moi. En même temps, tout était possible, je ne me souvenais de rien.

J'étais de nouveau à Paris. Je me sentais transformé, capable de prendre ma vie en main. Laurence m'avait conseillé de recommencer le métier de professeur et de renouer avec d'anciens amis. Elle se souvenait de Jean-Guillaume, il était venu quelquefois chez les parents.

J'ai retrouvé l'adresse de Jean-Guillaume. Au téléphone, sa voix m'a paru sinistre et j'ai pensé qu'il lui était arrivé un malheur.

Nous nous sommes revus à La Lorraine, une brasserie de la place des Ternes. Il m'a dit qu'il tenait sa cantine dans ce restaurant chic, il s'était enrichi en vendant des sociétés, il ne savait plus quoi faire de son argent. *Je vais prendre ma retraite, à trente ans, t'en dis quoi !* Il secouait nerveusement sa gourmette, il avait les yeux écarquillés, je le sentais surmené.

Pendant tout le dîner il n'a pas arrêté de parler de lui, ses dépenses, ses caprices, ses aventures avec des filles de dix-huit ans. Sa femme demandait le divorce à cause de ses infidélités, il était ravi. *Tu ne la connais pas, Marilyn, caporal-chef ! Elle voudrait que je la suive comme un caniche !* Et soudain il s'est énervé contre les femmes autoritaires, les hommes soumis, lui il n'allait pas se laisser faire, *Je veux un truc de mec, tu comprends, pas une vie de gonzesse !* Et il criait maintenant contre les homosexuels, son coiffeur qui lui caressait le cou, son comptable qui fricotait avec le stagiaire, *ils sont encore pires que les bonnes femmes !*, et il se resservait à boire, déblatérait sans lâcher prise.

J'étais épouvanté par sa vulgarité. Il était à bout, mais quand même. Son discours machiste, ça ne m'étonnait pas, je l'avais toujours connu de la vieille école. Ses diatribes contre les homosexuels, c'était nouveau. Si virulent, ça devenait suspect, est-ce qu'il fuyait ses penchants ? J'aurais pu le calmer, lui parler de mes visites au sauna. C'était risqué, il pouvait me flanquer un coup de poing. Ou se mettre à pleurer au beau milieu du restaurant.

Je lui ai raconté mon séjour à Bordeaux, le changement d'air, ça peut faire du bien. Il ne se souvenait pas de ma sœur, il n'écoutait pas, il continuait à crier contre les femmes, les pédés, les pauvres, le monde entier.

Nous sommes sortis du restaurant très saouls. Je me suis dit que c'était fini avec lui.

Le lendemain j'ai réfléchi aux conseils de ma sœur. Avec Jean-Guillaume c'était impossible, mais Laurence m'avait dit aussi de revoir Cécile.

Je me demandais comment procéder. Je préférais croiser la jeune femme par hasard. J'avais très peur de retourner rue Logelbach, monter les escaliers, sonner au quatrième, je me souvenais du tapis avec mon slip et le vomi.

J'ai décidé d'attendre au Parc Monceau. C'est là que j'avais rencontré l'adolescente la première fois, l'occasion pouvait se reproduire.

Chaque jour après le déjeuner, je partais de chez moi et j'allais en métro jusqu'au Parc Monceau. Je traînais longuement dans les allées, je guettais la bonne surprise. C'était l'hiver et je marchais emmitouflé dans un manteau épais, parfois je frappais mes bras l'un contre l'autre ou je faisais une petite course en levant haut les jambes.

Une fin d'après-midi, tandis que j'allais repartir, j'ai aperçu deux jeunes femmes qui passaient dans l'allée. J'ai reconnu la femme blonde à l'accent du Midi, celle que j'avais suivie jusqu'à la librairie de la place Clichy. Elle parlait à une fille plus jeune, portant un bonnet à pompon.

J'ai ralenti mes pas pour les observer.

Les deux femmes discutaient en se tenant par le bras, s'arrêtaient pour se frictionner contre le froid, repartaient. À un moment la blonde a marché vers l'étang et l'autre lui a crié de revenir en l'appelant par son prénom, *Ghislaine!*

Je les ai suivies jusqu'à la sortie du Parc. Elles se sont quittées devant le métro Monceau en s'embrassant. La fille au bonnet est descendue dans la station. L'autre, Ghislaine, a traversé le boulevard.

Sans réfléchir, je l'ai suivie.

Je marchais derrière la jeune femme qui remontait la rue Logelbach. Je l'avais rencontrée une fois devant le numéro 35, elle habitait le même immeuble que Cécile, je pouvais l'interroger.

Elle est arrivée à l'immeuble et s'est engouffrée à l'intérieur.

Je suis entré à mon tour, j'entendais ses pas qui montaient déjà l'escalier, c'était trop tard pour l'aborder. J'ai jeté un coup d'œil machinal vers la liste des locataires. Il m'a fallu un moment avant de réaliser que les noms avaient changé. À la place de l'ancienne AGENCE GECE figuraient deux initiales accolées : C&G.

Toute la soirée j'ai réfléchi à ma découverte. Et j'ai compris. Le sigle C&G figurait les prénoms Cécile et Ghislaine. Le lien était professionnel, le signe & sert à réunir les associés d'une entreprise. C&G, cela voulait dire : Cécile et Ghislaine, associées.

J'étais très excité par ma trouvaille. Je me demandais quelle était cette entreprise. Est-ce que les deux femmes poursuivaient le travail de l'agence GECE ? Pourquoi s'étaient-elles associées ? Ghislaine avait-elle abandonné la librairie ?

Plus tard, j'ai encore réfléchi et j'ai trouvé une autre explication. J'avais remarqué dans le Parc que Ghislaine parlait de près à la fille au bonnet, les deux amies semblaient intimes. Elles s'étaient embrassées longuement en se quittant, on les sentait attirées l'une par l'autre. Elles partageaient probablement un goût particulier pour les femmes, une préférence sentimentale, une orientation sexuelle. Dans cette hypothèse, Ghislaine était la petite amie de cette fille. Ou plutôt, c'était son ancienne petite amie, son amoureuse d'avant. Depuis, elle l'avait quittée pour aller vivre avec Cécile.

C'était sans doute la bonne explication. Ghislaine vivait avec Cécile.

C&G, les deux associées, formaient un vrai couple.

Cette découverte me contentait. Ayant tenté des expériences avec des hommes, je trouvais normal que Cécile en vive avec des femmes. Cela me rapprochait d'elle. D'une certaine manière, nous avions trouvé matière à nous accorder, nous avancions dans la vie d'un même pas.

Radije était d'origine albanaise. Je l'avais rencontrée au bal des pompiers, le 14 juillet, dans une caserne derrière la Bastille.

C'est son parfum qui m'avait décidé. Nous dansions serrés et je respirais son odeur de jasmin, un parfum bon marché, j'étais ému par cette femme petite et très menue, si fragile que je ne voulais pas la laisser s'échapper de mes bras.

Toute la nuit elle m'avait parlé à l'oreille avec son accent chuintant. Elle avait vingt-cinq ans, elle me racontait son pays qu'elle avait quitté pour se réfugier en France. Je regardais son visage levé vers moi, ses grands yeux noirs, j'avais l'impression qu'elle était venue ici pour rencontrer le grand amour.

Cela nous était arrivé en douceur. Un jour, puis le lendemain, et ensuite une semaine. Nous avions laissé faire. Quelque chose d'énigmatique nous attirait, sans doute une grande différence. Nous avions continué ensemble et nous étions maintenant mariés.

Radije me racontait souvent sa jeunesse, le régime albanais, le poids de la famille, un ennui terrible. À l'époque, elle entendait parler de l'Occident et se rêvait en jeune fille émancipée.

Elle pensait qu'elle était arrivée trop tard à Paris. Elle était fascinée par l'époque de mes vingt ans, le mythe des années 1970, la liberté d'aimer. Je lui expliquais que j'en avais très mal profité. Elle ne m'entendait pas, elle me prenait pour un héros. Elle ne mesurait pas ce qui s'était passé pour moi, tout le contraire de ses idées.

Avec elle, je savais que j'avais trouvé mon équilibre. Je ne suivais plus les filles dans la rue, je n'allais pas voir des garçons au sauna, c'était une époque révolue. Comment avais-je pu attendre d'avoir presque quarante ans pour me sentir tranquille ?

Nous habitions l'appartement de mes parents, place Villiers, là où j'avais grandi. Nous l'avions repris après leur décès. Rien n'avait changé. Nous dormions dans leur ancienne chambre à coucher, dans leur grand lit. Radije avait insisté pour garder le sommier encore correct, elle avait le sens des économies. J'aimais me serrer la nuit contre elle, ses épaules si fines, son corps d'adolescente.

Radije connaissait l'existence de Cécile. Je lui en avais un peu parlé, la jeune fille très blonde, celle qui aurait dû être mon premier amour. Radije appréciait que j'avoue cet épisode raté, elle imaginait ma jeunesse comme une suite de conquêtes. Pour elle, je restais l'amant magnifique.

Un jour, elle m'a suggéré de la retrouver, au moins savoir ce qu'elle était devenue. Elle était curieuse de connaître la première fille qui avait fait rêver son mari. Radije était ingénue, incapable de pensées malsaines, elle ne se méfiait pas d'une femme de dix ans de plus qu'elle.

J'y repensais de temps en temps. Ma sœur m'avait conseillé autrefois de revoir Cécile, pour me débarrasser du passé. Mais je trouvais que c'était maintenant une mauvaise idée. Avec Radije, ce passé était terminé.

Nous avons eu une petite fille. Nous l'avons appelée Lucie parce qu'elle était la lumière de notre couple, c'était l'idée de Radije.

Lucie était installée dans mon ancienne chambre d'enfant. Le soir, nous la regardions dormir, nous restions immobiles pendant un long moment avant d'aller nous coucher. Ma femme avait un peu grossi, j'aimais son corps devenu plus solide, sa poitrine gonflée, je lui caressais les cheveux pendant qu'elle chantonnait des contes, les histoires d'une fillette dans les montagnes d'Albanie. J'aurais bien aimé comprendre sa langue.

Un jour, je crois que c'était en juin parce que j'enseignais dans un collège du quartier et la fin des cours approchait. J'ai voulu rejoindre Radije qui promenait Lucie au Parc Monceau.

Je suis sorti pour les retrouver mais, je ne sais pas pourquoi, en arrivant devant la Rotonde j'ai bifurqué et suis parti dans la rue Logelbach.

J'ai marché d'un pas ferme jusqu'au numéro 35.

En m'approchant, j'ai vu un petit garçon vêtu d'un short et d'un chapeau de paille. Il tenait une pelle en plastique et donnait des coups sur une voiture. À cet instant une femme est sortie de l'immeuble et l'a grondé vivement. Elle semblait impatiente et regardait de tous côtés.

Je suis passé devant eux et j'ai continué sur le trottoir.

J'avais eu le temps de remarquer plusieurs détails. La femme avait mon âge, elle portait des cheveux très blonds et ses pommettes me rappelaient Cécile. Mais je n'avais pas le souvenir de cette voix dure, autoritaire.

Au bout d'une centaine de mètres, je me suis retourné. La femme et le petit garçon montaient dans une voiture.

J'ai attendu qu'ils s'éloignent et je suis revenu sur mes pas.

J'ai pénétré dans l'immeuble.

Devant la loge de concierge, un tableau indiquait en gros caractères les noms des occupants. Au quatrième étage, c'était marqué : CG ET JP.

J'ai tout de suite compris. La femme blonde, c'était Cécile.

J'avais vu Cécile monter en voiture avec son fils et son mari.

Je restais fixé devant le tableau et je réfléchissais aux initiales.

CG, je savais. Mais que signifiait JP ?

Jacques P. ? Jérôme P. ? Ou simplement Jean-Pierre ?

Je regrettais de ne pas être revenu plus vite sur mes pas. J'aurais pu jeter un œil vers la voiture, savoir quel genre d'homme Cécile avait épousé.

Je suis ressorti de l'immeuble et j'ai marché lentement vers la Rotonde.

Je repensais à Cécile que je venais de croiser après des années. Je l'avais trouvée marquée, c'était inévitable. Elle avait travaillé comme mannequin, puis comme créatrice de mode, dans ces métiers on exagère avec l'alcool et la cocaïne. Dans sa vie privée, elle ne s'était pas non plus limitée, elle avait aimé des femmes, des hommes, ça faisait beaucoup d'expériences.

Aujourd'hui elle menait une existence tranquille, avec son mari et son fils. Mais il lui restait des traces de son passé.

Je revoyais l'adolescente au visage lisse, ses longs cheveux, son allure sage et décidée. Est-ce que j'avais tellement changé, moi aussi ? Cécile ne m'avait pas reconnu dans la rue. J'étais un homme de quarante ans, rien ne rappelait le garçon qui la suivait au Parc Monceau.

À l'automne, Radije a commencé une formation commerciale. Elle voulait apprendre la vente à domicile, elle avait envie de bien gagner sa vie.

Les jours où je ne travaillais pas, c'est moi qui sortais promener Lucie au Parc. Je m'installais sur un banc. J'aimais ces après-midi calmes, avec une lumière dorée tombant sur les ruines du lac. Lucie ne tardait pas à s'endormir. Elle ressemblait à un poupon emmailloté dans sa combinaison de chrysalide. J'imaginais plusieurs métamorphoses possibles, libellule, papillon, ou peut-être poisson-chat.

Parfois j'allais m'asseoir près d'un nouveau terrain de jeu, installé devant la Rotonde. Des jeunes femmes étaient là, quelques baby-sitters qui discutaient entre elles, jetant un œil vers les bacs à sable où s'amusaient de petits enfants.

Je les observais de loin, la main posée sur le landau de Lucie. Je berçais doucement ma fille, avec un vent léger autour de moi, je contemplais les arbres aux branches noires qui me ramenaient dans mon enfance.

J'avais passé tant de moments heureux dans ce parc Monceau.

Un après-midi j'ai vu sortir des buissons un petit groupe d'enfants, filles et garçons d'une dizaine d'années qui semblaient faire une compétition.

Ils ont discuté un moment, les filles sont montées sur une balançoire et les garçons ont pris l'autre. Le concours devait emmener chaque équipage le plus haut possible dans les airs.

Ils ont commencé à s'élancer en se criant des encouragements.

Je craignais le pire. J'avais assisté autrefois à ce jeu, une fillette avait fait le tour complet et s'était tuée en chutant.

J'étais prêt à intervenir lorsque j'ai entendu les appels d'une femme qui venait dans l'allée. Je l'ai reconnue aussitôt, c'était Cécile. Elle courait en criant à l'une des baby-sitters, *Charlotte, arrêtez ça, allez le chercher !*

La baby-sitter s'est levée, elle a couru vers les

garçons et ralenti la balançoire malgré leurs protestations.

Cécile est arrivée, *Denis, descends de là tout de suite!* Elle a attrapé un petit garçon et l'a sorti de force de la balançoire. J'ai reconnu l'enfant que j'avais déjà vu rue Logelbach, partant avec ses parents.

Il y avait maintenant une dispute dont je saisissais quelques bribes. Cécile passait sa colère sur la baby-sitter et faisait des reproches à son fils. De là où j'étais, je voyais ses gestes agités, je devinais son visage déformé. Je retrouvais la femme nerveuse qui avait grondé son fils parce qu'il tapait sur une voiture avec sa pelle.

Après quelques minutes, Cécile est repartie en laissant son fils à la baby-sitter.

Je ne bougeais plus. J'avais cessé de bercer le landau de Lucie. Une sensation étrange montait en moi. Et cela a éclaté brusquement, comme une révélation. Denis. Le garçon s'appelait Denis. Cécile lui avait donné mon prénom.

Je contemplais le ciel, je contemplais les arbres, j'étais éperdu de reconnaissance. Cécile avait entretenu mon souvenir durant toutes ces années. Sans me revoir, sans me parler. Depuis l'adolescence, elle était restée fidèle à notre rencontre. Elle avait donné mon nom à son fils.

Le père, je m'en doutais, c'était l'homme qui conduisait la voiture, le JP mentionné sur la liste. Je me demandais ce que Cécile avait pu lui raconter pour appeler l'enfant avec mon nom. Quel que soit le prétexte, je trouvais son mensonge sublime.

Je calculais les dates, je vérifiais. Le garçon avait environ dix ans, il était né à la fin des années 1970. J'essayais de me rappeler ce qui se passait à cette époque.

Cécile approchait alors la trentaine. Le tableau de la concierge mentionnait C&G. C'était le sigle de Cécile & Ghislaine, couple de femmes associées.

Qu'est-ce que JP était venu faire dans ce duo amoureux?

Était-ce le choix de Cécile? Une décision commune aux deux femmes?

Cherchaient-elles un homme pour vivre à trois?

Ou un géniteur pour leur procurer un enfant?

Je me perdais en conjectures, j'imaginais différentes solutions. Cécile avait trompé Ghislaine avec JP, elle s'était retrouvée enceinte de lui et l'avait épousé. Ou bien elle avait rencontré JP plus tard, quand elle avait déjà l'enfant, et ils s'étaient mariés. Mais dans ce cas-là, qui était le vrai père ?

Devant moi, Lucie s'était réveillée et gazouillait en ouvrant de grands yeux. J'avais oublié ma fille, le landau, l'après-midi qui s'achevait. J'avais mal à la tête.

Je voulais résoudre cette histoire. Pour mieux la comprendre, j'imaginais qu'elle m'était arrivée. J'avais moi aussi trente ans. Je retrouvais Cécile et nous vivions une passion effrénée, Cécile tombait enceinte.

Je réfléchissais, ce n'était pas très crédible. À l'époque Cécile préférait les femmes et j'allais au sauna. Pour nous rencontrer, il aurait fallu contredire nos penchants.

Mon cerveau insistait. Cela se passait un an plus tard. Cécile avait renoncé aux femmes et je ne fréquentais plus le sauna. Nous vivions un amour éperdu, trop intense pour durer. Quand nous nous quittions, Cécile était enceinte mais je l'ignorais.

À la naissance de l'enfant, elle lui donnait mon prénom.

Un peu plus tard elle se mariait avec JP sans lui dire qui était le père du petit Denis. Il acceptait de prendre l'enfant.

Cette histoire était magnifique, je souriais intérieurement. J'imaginais chaque détail, je faisais durer les moments de plaisir, l'amour, les sourires de Cécile. Je ne m'attardais pas sur la séparation, même si cela comptait pour que l'histoire soit plausible.

Les pleurs de Lucie m'ont réveillé. Je ne sais pas combien de temps j'avais dormi. Il faisait presque nuit, les environs du Parc étaient déserts. J'ai entendu le sifflet des gardiens qui annonçaient la fermeture.

Je me suis dépêché de rentrer à la maison avec ma fille.

Le soir, je n'étais pas à l'aise devant Radije. L'histoire que je m'étais inventée avec Cécile me plongeait dans la joie, mais je devinais que ma femme pourrait en être jalouse. J'ai évité de lui en parler.

Je me suis réveillé au milieu de la nuit. Radije dormait à mes côtés, je me retournais dans le lit, je pensais à Cécile, son enfant, son prénom. Elle m'avait fait un beau cadeau. J'adorais cette histoire. Je me la répétais en boucle, j'inventais de nouveaux épisodes merveilleux, je laissais aller mon imagination.

Et soudain j'ai eu un flash. J'ai tout compris. Je n'inventais pas, cela s'était passé ainsi. Je me suis revu rue Logelbach, à moitié nu sur le palier de Cécile. Voilà, c'était cela. Je sortais de chez elle, on avait fait l'amour, j'étais le père de l'enfant.

Je me suis levé, j'ai marché silencieusement dans l'appartement. Je repensais à cette nuit agitée. J'étais très saoul, j'avais cogné à la porte de Cécile. Puis le trou noir. Et je m'étais retrouvé déshabillé sur le palier. Qu'est-ce qui était arrivé ? J'ai eu un frisson d'épouvante. La rencontre s'était sans doute très mal passée.

Je suis allé à la cuisine prendre un verre d'eau, j'avais la bouche sèche, je transpirais de partout. J'entendais Lucie dans sa chambre qui faisait des petits bruits en dormant. C'étaient peut-être les battements de mon cœur, je comprenais enfin. Je ne me souvenais pas, mais je devais l'admettre. Ce soir-là, j'avais forcé Cécile à faire l'amour avec moi.

Radije était debout, elle me secouait dans le lit, c'était le matin, il fallait s'occuper de Lucie. Je me suis vite levé. Une minute plus tard, mon cerveau m'a rappelé la nouvelle de la nuit. Est-ce que j'avais violé Cécile ?

Tout en habillant Lucie, je réfléchissais. Il fallait que je me sorte de cette situation. Très vite. J'ai laissé Lucie et je suis descendu au café. J'ai commandé un verre d'alcool de prune. Tout n'était pas perdu. Si je l'avais forcée, pourquoi est-ce qu'elle aurait nommé son fils Denis ? Un deuxième verre de prune, ça allait déjà mieux. Elle m'aurait dénoncé, elle se serait fait avorter. Un troisième verre. Elle ne m'aurait pas donné une récompense avec ce beau prénom.

Maintenant j'étais tranquille, je ne l'avais pas du tout obligée. Nous avions fait l'amour, ensuite elle m'avait chassé parce que j'étais trop saoul.

Je suis remonté, j'étais tout à fait rassuré. Radije m'attendait, je sentais fort l'alcool, elle a fait une moue mais n'a rien dit. Elle était compréhensive avec moi, j'avais de la chance.

J'étais heureux. Je pouvais maintenant décrire exactement ce qui s'était passé la nuit de la rue Logelbach. Cécile et moi avions fait l'amour, elle s'était retrouvée enceinte. Elle avait gardé l'enfant et lui avait donné mon nom. Je trouvais son geste très généreux. À sa place, j'aurais agi de même. Je souriais. Je vivais une belle histoire. Pendant plusieurs jours, j'ai savouré ma découverte.

Mais un mauvais doute m'est revenu. Je pouvais me tromper sur les dates. Le petit garçon avait-il l'âge exact ? S'il était plus jeune ou plus vieux, l'histoire ne serait plus la même. Je devais savoir.

Je suis allé au Parc pour promener Lucie. Je cherchais une preuve. Tout l'après-midi, j'ai attendu du côté des balançoires. À la nuit tombée, le garçon n'était pas apparu.

J'y suis retourné le lendemain. Le Parc était vide, avec une pluie fine. J'ai attendu. Lucie a pris froid et je me suis fait sermonner par Radije.

Ensuite j'ai attendu seul, tous les autres jours de la semaine.

Le samedi, c'était beau soleil, j'ai aperçu de loin quelques baby-sitters. Le petit Denis jouait avec d'autres enfants, non loin de la jeune fille qui s'occupait de lui.

Je me suis installé sur un banc pour observer.

Je supposais que le garçon avait environ dix ans, à un ou deux ans près. Ce n'était pas assez précis, je devais être sûr. J'aurais pu aller lui demander. L'idée me faisait peur. Parler à mon fils pour la première fois m'impressionnait.

Je ne savais pas comment m'y prendre.

Je me suis levé et j'ai marché lentement jusqu'au groupe d'enfants. Je tournais autour, je les regardais l'un après l'autre, je les comparais, comme si leur âge allait s'inscrire en chiffres sur leur visage.

L'une des baby-sitters a remarqué mon manège. Elle est venue vers moi et elle m'a demandé d'un air mauvais ce que je cherchais.

Je lui ai souri, elle ressemblait à Martine, l'étudiante avec qui j'avais vécu autrefois. Son intonation, j'adorais sa manière de parler qui paraissait toujours hésiter.

J'ai expliqué que je faisais une enquête sur les enfants du Parc Monceau. La fille a tendu l'oreille. J'ai dit que j'étais sociologue, j'étudiais un milieu social favorisé, les comportements marqués dès le plus jeune âge, ces enfants avaient autour de dix ans, n'est-ce pas ?

La fille hésitait, avec la même moue que Martine. J'en ai profité, j'ai pointé le doigt vers Denis. *Ce grand garçon, là-bas, il a dix ans ?* J'avais parlé très fort pour que Denis m'entende, il a fait un mouvement de tête, il confirmait.

Le lendemain, c'était dimanche, un ciel d'hiver lumineux. Radije ne travaillait pas, elle a insisté pour qu'on sorte avec Lucie.

Nous nous sommes installés sur un banc, silencieux, face à notre fille qui gazouillait dans son landau.

Je rêvais, je me laissais porter. L'étang romantique, les fausses ruines, la lumière rasante de fin d'après-midi. J'appréciais mon couple heureux avec Radije. Quelques enfants jouaient au loin, je pensais au petit Denis qui était le signe de mon autre vie.

Il incarnait ma relation avec Cécile, un amour prolongé jusqu'aujourd'hui.

J'ai pris la main de Radije et j'ai fermé les yeux.

Quand je les ai rouverts, Cécile était là-bas avec son fils. Elle s'affairait près des balançoires et ramassait leurs affaires. À un moment, elle s'est tournée vers nous, elle regardait dans notre direction. Et brusquement j'ai eu très peur. J'ai imaginé qu'elle venait, elle s'approchait en tenant son fils par la main. Elle interpellait Radije à voix forte, elle lui présentait le garçon, elle exhibait Denis comme un trophée. Puis elle jetait un œil au landau de Lucie, elle faisait un geste de dédain pour ce bébé qui arrivait trop tard, jamais un autre enfant ne remplacerait le sien. Et elle donnait une gifle à Radije pour l'obliger à décamper.

J'étais paniqué. Je me suis levé, j'ai imploré Radije de me suivre. Je lui ai assuré que le Parc allait fermer, j'ai dit que Lucie devait avoir faim, le froid donne beaucoup d'appétit aux petits enfants. Radije m'a regardé d'un air étonné. Elle s'est levée à contrecœur, elle voulait me faire plaisir.

J'ai attrapé le landau et je suis parti en avant, sans me retourner. On a filé à la maison.

À compter de ce jour, je n'ai plus mis les pieds au Parc Monceau avec Radije et Lucie. Nous pouvions rencontrer Cécile et subir une scène. Cela pouvait aller jusqu'au chantage. Cécile menacerait de révéler que j'étais le père de Denis. Elle dirait qu'elle m'avait enfin retrouvé, je l'avais mise enceinte dix ans plus tôt et je m'étais enfui. Il est facile d'être mis en prison pour des choses pareilles. Je me voyais traîné en justice, subissant un procès humiliant, sommé de répondre aux témoins qui confirmaient que je harcelais Cécile depuis toujours. La concierge de la rue Logelbach serait la plus teigneuse. Elle donnerait des détails sur mes visites, elle mimerait à la barre mes regards fuyants, je serais confondu.

Je devais vite retrouver Jean-Guillaume. Il pourrait témoigner de mes bonnes intentions. Nous avions connu Cécile ensemble, il savait que je voulais retrouver notre amie d'adolescence. Il rappellerait notre expédition rue Logelbach, j'étais resté calme, je n'avais pas voulu monter au quatrième étage. Et j'étais reparti dès que la concierge avait crié.

Je récapitulais les arguments en ma faveur. Je me répétais la déposition de Jean-Guillaume, la plaidoirie de mon avocat, je me réjouissais de leurs paroles. Tout cela me rassurait.

Mon tourment reprenait. Je savais que j'étais revenu dans l'immeuble une seconde fois, sans Jean-Guillaume. Mon ami ne pourrait pas témoigner pour cette soirée. Le président du tribunal confronterait les dates, il interrogerait la concierge et comprendrait que c'était la nuit où je m'étais retrouvé en slip.

Mais qui se souvient des dates au bout de dix ans ? Je pouvais faire confiance à l'oubli, aux souvenirs vagues, on voit souvent des trous dans les enquêtes, le témoin se trompe d'une année, l'assassin profite du doute et n'est pas condamné.

Je devais avertir Jean-Guillaume, surtout qu'il ne soit pas trop précis sur notre soirée, sinon j'étais perdu. J'avais peur qu'il brandisse son agenda devant le tribunal.

Je me suis mis à sa recherche. Je l'ai appelé plusieurs jours de suite. Son téléphone sonnait dans le vide, il était sans doute parti aux Maldives avec une fille de seize ans. Il n'avait pas branché le répondeur.

Je suis allé du côté de la place des Ternes, près de la brasserie où nous avions dîné ensemble. Je suis repassé plusieurs jours sans jamais le trouver. J'ai interrogé les serveurs, aucun ne se souvenait de notre repas ni de Jean-Guillaume. Quand j'ai insisté, on m'a jeté des regards gênés, comme si je me mêlais de choses dont on ne doit pas parler.

Si Jean-Guillaume ne pouvait pas me disculper, je devais organiser moi-même ma défense. Mettre des barrières avec Cécile, éviter tout contact. Et empêcher dès maintenant que Radije aille au Parc Monceau.

J'ai raconté que la rougeole touchait les petits enfants du Parc. Radije m'a m'expliqué que la rougeole ne se transmettait pas dans les airs. J'ai parlé d'un moustique qui donnait de l'urticaire. Radije m'a dit que les moustiques étaient rares en hiver. Elle m'écoutait en souriant, elle ne croyait pas du tout à mes inquiétudes. Depuis toujours elle me trouvait poète et s'amusait de mes *folies de l'homme.*

Comme elle était accommodante, elle a fini par accepter. Elle irait désormais promener Lucie au square des Batignolles.

J'étais soulagé. Le boulevard de Courcelles et le boulevard Malesherbes traçaient un périmètre rouge. Au-delà, c'était la zone interdite où vivaient Cécile et Denis.

C'est à cette époque que j'ai commencé à travailler chez un petit éditeur. Il publiait des ouvrages ésotériques, des livres d'art, quelques essais. Je ne participais pas aux choix des manuscrits, cela m'était égal que la maison aille dans telle ou telle direction. Il suffisait que mon poste soit stable et qu'on me laisse tranquille.

La maison se trouvait rue de Clichy, pas très loin de chez nous. J'allais là-bas à mi-temps pour jeter un œil sur la fabrication, préparer les sorties. S'il m'arrivait de croiser un auteur, je me faufilais vite dans le couloir et je disparaissais dans mon bureau. La plupart des manuscrits me semblaient ennuyeux.

Une ou deux fois j'ai pensé à m'y mettre aussi. Je feuilletais les livres, je me disais que je pourrais en faire autant. Pourquoi ne pas tenter ma chance, écrire un texte à ma façon, un roman, une nouvelle, un bout de livre qui me ressemblerait.

Quand j'en ai parlé à Radije, elle m'a tout de suite encouragé. Elle était persuadée d'être mariée à un artiste. Elle me trouvait plein d'imagination, elle se désolait que je n'en fasse rien. Elle s'est déclarée la première admiratrice de mon œuvre à venir.

J'ai protesté mollement, je n'avais pas de sujet.

Radije insistait, elle était convaincue que mon éditeur prendrait le livre. J'avais de la chance de faire partie de la maison, je devais leur en parler sans tarder. Je lui ai dit que cela me mettait dans une position délicate.

Radije m'a affirmé qu'on pouvait aussi se débrouiller seuls. Comme elle faisait maintenant de la vente à domicile, elle était capable de diffuser elle-même le livre.

Elle a réussi à me convaincre.

J'ai commencé à réfléchir à une histoire.

C'était l'automne et la rentrée des classes. Notre fille Lucie avait trois ans et découvrait la maternelle avec un peu d'appréhension. Radije et moi l'emmenions à tour de rôle le matin. Quand c'était moi, j'y prenais grand plaisir, je restais un moment après son entrée, je lui faisais des petits signes à la fenêtre. Je ressemblais à un père idéal.

Ce jour-là, c'était mon tour d'emmener Lucie. Je m'attardais devant la maternelle quand j'ai entendu une voix familière. Je me suis retourné. Un groupe de femmes discutaient non loin sur le trottoir, devant le collège qui jouxtait l'école de Lucie. Cécile était là, je l'ai reconnue de dos. Elle parlait très fort, elle levait les bras, elle remuait comme si elle devait utiliser tout le corps pour convaincre les autres femmes. J'entendais des injonctions, les mots *Indignée !... Scandaleux !...* J'ai vite compris qu'on parlait d'un événement survenu au collège.

C'était trop tard pour m'éclipser. J'avais réussi à éviter Cécile depuis longtemps et voilà qu'elle revenait. Je me suis figé comme une statue, j'ai tenté de me fondre dans le décor, devenir un lampadaire. Je restais là, sans bouger, au bord du trottoir, un homme de quarante ans posté devant les fenêtres d'une école maternelle, j'ai compris que ma position pouvait être équivoque. J'avais lu dans le journal une histoire pareille, ça se passait en Belgique, une affaire très sordide.

Et c'est ce qui est arrivé. Une femme a commencé à m'observer du coin de l'œil. Une autre m'a fixé avec attention durant un long moment. Cécile ne pouvait pas me voir, elle me tournait le dos. Mais ses voisines l'une après l'autre découvraient ma présence. Elles me surveillaient. Je sentais leurs regards m'enfermer dans un piège, j'étais épouvanté.

Une voiture de police s'est approchée dans l'avenue, la sirène enflait vite, les femmes avaient appelé à l'aide. C'était facile de prouver que j'étais là pour épier des fillettes. On allait vite m'accuser, voyeur, exhibitionniste, pédophile. J'ai arrêté de respirer.

La voiture est passée à toute allure et a continué sur le boulevard. Les femmes semblaient déçues que la police n'ait pas voulu m'interpeller.

Elles continuaient à me surveiller. Et finalement Cécile s'est retournée à son tour. En m'apercevant, elle n'a manifesté aucune méfiance. Elle a fait un signe qui semblait amical. Je n'ai pas osé répondre, je vérifiais autour de moi s'il n'y avait pas quelqu'un d'autre à qui ce signe pouvait s'adresser. J'étais seul sur le trottoir.

Cécile a repris sa discussion avec les autres femmes. J'ai entendu distinctement le nom *Denis* prononcé à plusieurs reprises. Les femmes m'ont regardé à nouveau, elles semblaient mieux disposées à mon égard. Cécile leur parlait sans doute de moi en termes élogieux, elle évoquait notre adolescence au Parc Monceau, elle racontait notre histoire douce.

Le répit a été bref. J'ai entendu les mots *Honteux !... Dégueulasse !...* et de nouveau *Denis.* J'ai compris que le petit groupe s'échauffait contre moi. Il était temps de disparaître.

Je me suis élancé au pas de course et j'ai traversé le boulevard. J'avais peur que les femmes se mettent à ma poursuite, mais aucune n'a bougé. J'ai pu m'éloigner de l'école sans dommage.

Quelques rues plus tard je me suis arrêté au café, j'ai commandé un verre d'alcool. J'étais épuisé. Je regrettais d'être reparti si vite, j'avais oublié de faire un signe d'au revoir à ma fille. Elle avait assisté à la scène depuis la fenêtre, heureusement elle était trop petite pour la raconter à sa mère.

J'essayais de comprendre ce qui s'était passé. Cécile m'avait fait un signe amical, elle apportait sa caution, elle garantissait ma moralité devant les autres femmes. Ensuite elle avait changé d'avis, pourquoi ? À cause d'un épisode malheureux de notre passé ? Parce que j'avais été incapable de l'embrasser au cinéma quand les avions allemands mitraillaient la fillette ?

Je trouvais incroyable que Cécile puisse encore m'en vouloir au bout de vingt-cinq ans pour une histoire pareille.

En rentrant à la maison, j'ai décidé de ne rien dire à Radije. Elle n'aurait pas compris. Toute la soirée je suis resté silencieux en prétextant un mal de tête.

Plus tard, au milieu de la nuit, nous étions allongés. Radije dormait profondément et je continuais à réfléchir. Une idée soudaine m'est venue. Peut-être que Cécile, en prononçant *Denis*, ne parlait pas de moi mais de son fils, le petit Denis. Elle avait dit la vérité à propos de sa naissance, et c'est pourquoi les femmes s'étaient de nouveau indignées. Cécile avait révélé que j'étais le père de Denis, je l'avais mise enceinte, je l'avais quittée en lui laissant l'enfant. Et ces femmes, qui m'avaient d'abord pris pour un pédophile, avaient trouvé un motif pire pour me détester. J'avais imposé à Cécile un bébé que j'avais aussitôt abandonné. Je détestais les enfants, je m'en débarrassais, j'étais un horrible *pédophobe* (je ne sais pas si ce terme existe mais je n'en trouve pas d'autre pour montrer à quel point ces femmes étaient décidées à me tourmenter).

À mes côtés, Radije murmurait en dormant. Je transpirais, je me retournais dans le lit, ma conduite était inqualifiable. J'avais peur que ma femme entende mes pensées, je surveillais ce qu'elle marmonnait. C'est incroyable ce qu'une nuit paraît longue quand on est coupable, j'aurais voulu qu'on me juge sans attendre.

Durant les jours suivants, Radije s'est inquiétée pour mon état. Elle me voyait prostré à mon bureau au lieu d'écrire mon prochain livre. Elle a cru que je traversais une crise d'inspiration. Elle m'a questionné sur l'histoire que je pensais raconter. J'ai répondu si vaguement qu'elle a voulu m'aider. Elle m'a suggéré de chercher des motifs dans mon passé. Cela pouvait être des événements que j'avais vécus. À vrai dire je n'avais rien vécu d'extraordinaire qui méritait d'en faire le récit. Alors cela pouvait être des personnages que j'avais rencontrés. *Cette femme, cette femme que tu voyais au Parc Monceau, tu peux écrire quelque chose sur elle!* Et elle m'a cité un grand écrivain albanais qui avait fait un roman à partir de son amour de jeunesse.

J'étais consterné. Mais j'ai trouvé la force de mentir. *Je ne l'ai pas revue, jamais, aucune nouvelle depuis mon adolescence, comment veux-tu que j'écrive sur elle ?*

Radije ne se laissait pas convaincre. *Tu dois inventer ! Tu as de l'imagination, tu es un artiste ! Tu peux essayer quelques pages ?*

Je restais en silence, je réfléchissais au mensonge dans lequel j'étais entraîné. Ma femme ne savait pas que j'avais revu Cécile, ce que je ressentais. Sa naïveté était si grande qu'elle me conseillait maintenant de faire de Cécile un personnage littéraire.

Nous n'avons plus reparlé d'inspiration. Radije m'a laissé poursuivre à ma guise l'écriture du roman, elle sentait qu'elle ne devait pas intervenir.

Il n'y avait pas de roman. À peine des bribes d'histoires que j'abandonnais aussitôt. Le cahier où j'écrivais mes esquisses réunissait une suite incohérente de phrases raturées.

J'ai longtemps cherché un sujet. J'excluais d'écrire la véritable histoire de Cécile. Je risquais qu'elle découvre un jour le texte publié et me fasse des problèmes. Elle invoquerait le faux témoignage, peut-être la diffamation.

Pourtant il y avait quelques épisodes de sa vie dont je pouvais tirer un récit. Si besoin, j'ajouterais une touche d'invention. Ma femme avait raison, j'avais peut-être des dons d'artiste.

J'ai repensé aux différentes époques où j'avais revu Cécile. Quand elle était mannequin. Quand elle avait ouvert une agence de prêt-à-porter. Quand elle habitait en couple avec une autre femme. C'était plus excitant que sa vie de mère de famille aujourd'hui. Mais ce n'était pas original, Cécile avait vécu comme la plupart des femmes de sa génération. Il n'y avait pas de quoi en faire une héroïne de roman.

J'ai pensé à notre fils Denis, à sa naissance, à ma parenté secrète avec ce garçon. Est-ce que c'était un sujet intéressant pour un livre ?

J'ai réfléchi à une histoire de double.

J'imaginais un homme avec son fils. Par exemple, un père se réincarnait dans son fils. Les deux s'appelaient Denis, ils avaient le même prénom. Ils avaient aussi la même épouse, Cécile, qu'ils aimaient l'un après l'autre. C'était une même histoire reproduite sur deux générations.

Si le roman était trop court, je pouvais prolonger l'intrigue. Un troisième Denis, âgé de vingt ans, aimait à son tour Cécile devenue sexagénaire.

L'idée me plaisait. J'admirais ces trois hommes désirant la même femme, cela sentait la jeunesse, l'amour inépuisable. J'étais content de mon futur roman, je pensais déjà à son titre : LES TROIS DENIS.

J'avais pourtant un doute. Le deuxième et le troisième Denis étaient les descendants du premier.

Cécile était leur épouse, mais aussi leur mère et leur grand-mère. Cela faisait un inceste à chaque génération, les lecteurs pourraient en être indisposés. Ils trouveraient cette femme dénuée de morale, ils auraient du mal à s'identifier. Le roman serait un échec.

Je ne sais pas si c'est le moment d'en parler ici, mais c'est à cette époque que nous avons appris la terrible nouvelle.

C'était à la fin d'un splendide après-midi de juin. Je m'étais attardé à une terrasse, j'avais pris quelques notes en pensant au roman, j'étais satisfait de la tournure de ma vie.

J'ai téléphoné depuis le café pour dire à Radije que je serais en retard pour dîner. Elle m'a répondu d'une voix troublée. Quand je lui ai demandé pourquoi, elle n'a pas voulu dire.

Je suis vite rentré, Radije faisait dîner notre fille et ne voulait pas parler devant elle. J'ai attendu que Lucie soit couchée. Radije m'a alors révélé qu'elle avait reçu un appel d'un homme se présentant comme un ami de Jean-Guillaume. Il nous annonçait son suicide.

J'étais stupéfait. Radije me regardait sans bouger. Elle n'avait jamais rencontré Jean-Guillaume mais je lui en avais parlé comme d'un ami d'enfance. Elle pensait que j'allais fondre en larmes. J'étais très ému mais je restais impassible, les larmes ne venaient pas, je ne sais pas pourquoi.

J'ai demandé des détails, il n'y en avait pas. L'inconnu avait débité au téléphone une formule convenue, comme s'il devait s'acquitter d'une mission assommante. Il avait vite raccroché, prétextant une longue liste de noms à contacter. Elle n'avait pas eu le temps de lui demander comment se rendre aux funérailles.

Ce soir-là, Radije et moi avons beaucoup parlé. De l'amitié, du temps qui passe, de la solidarité entre les gens. Dans ces cas-là, on est prêt à aimer tout le monde. Mais j'étais ennuyé parce que je n'avais pas gardé un bon souvenir de ma dernière rencontre avec Jean-Guillaume. Quand je l'avais quitté saoul à la brasserie de la place des Ternes, j'avais pensé que son existence ne me concernait plus, notre amitié était morte. Et maintenant, c'est lui qui était mort.

Trois années s'étaient écoulées.

Radije et moi menions une vie heureuse. Nous avions nos petites habitudes, regarder la télé en pyjama, nous laver ensemble dans la baignoire, préparer des beignets le dimanche.

Radije était devenue représentante en matériel de cuisine, elle aimait son métier et démarrait tôt le matin pour faire la tournée des clientes.

C'est moi qui accompagnais Lucie à l'école. Nous partions, main dans la main. À l'entrée de la rue, je m'arrêtais et je la laissais courir sur le trottoir, jusqu'à la porte. Lucie était ravie, elle se sentait une grande.

J'apercevais parfois Cécile, qui discutait devant le collège voisin. Elle s'attardait avec ses amies après l'entrée des classes, quand la sonnerie avait cessé. Je devinais que les mères d'élève se plaignaient des cartables trop lourds, des horaires compliqués. Mais elles ne manifestaient plus aucun grief contre moi. Nous avions les mêmes préoccupations de parents ordinaires.

Cécile m'adressait parfois un signe de la main. Elle me saluait de loin, comme on fait entre vieux amis. J'évitais de m'approcher, je restais sur mes gardes. Je ne savais pas comment me tirer d'affaire avec Denis. C'était un adolescent de treize ans, il était temps qu'il apprenne que j'étais son vrai père. Cécile aurait dû lui expliquer, elle avait trop tardé.

Un jour j'ai croisé le garçon. Il quittait le collège avec ses camarades de classe. Sa mère l'attendait, il a fait un geste agacé et s'est vite éloigné. Cécile est restée sur le trottoir, bras ballants, elle l'a appelé plusieurs fois, il ne s'est même pas retourné.

J'avais eu le temps de détailler le garçon. Il était grand et filiforme comme moi, pour le reste il ne me ressemblait pas beaucoup. Je savais qu'un adolescent peut être très différent de son père. La similitude vient avec l'âge et se confirme en vieillissant. Quand il aurait cinquante ans, Denis serait peut-être mon sosie.

Serais-je encore vivant ?

À cette époque, je m'intéressais à la généalogie. Mon éditeur avait publié un guide pratique pour rechercher ses ancêtres. Je m'en servais pour construire ma lignée, je faisais des schémas à chaque génération.

Je commençais par le plus simple, les deux branches issues de moi. Ma fille Lucie, née de Radije. Et mon fils Denis, né de Cécile. Ils ne se connaissaient pas encore, j'espérais les faire se rencontrer un jour.

Je remplissais les différentes cases indiquées par le guide. Au-dessus de ma génération, c'était facile, il suffisait de remonter vers mes parents et grands-parents.

J'en savais moins sur la généalogie de Cécile. J'avais aperçu autrefois son père, l'architecte à la voiture décapotable. Je me souvenais de son visage, ses tempes dégarnies, son air de playboy. Depuis cette époque, nous étions devenus liés par Cécile et Denis, son petit-fils.

Je devais le mettre dans la case du beau-père.

J'aurais aimé faire la connaissance de cet homme, bavarder un peu avec lui, connaître son prénom. Je me souvenais du jour où j'avais découvert l'inscription modifiée chez la concierge de la rue Logelbach. Monsieur et Madame Garant avaient laissé la place à C.G. L'architecte avait quitté l'appartement.

Et maintenant il était sans doute mort.

J'avais envie que ma fille Lucie découvre cette seconde famille. Son demi-frère Denis, sa belle-mère Cécile, le grand-père architecte, toute cette lignée qui recoupait notre vie.

Lucie n'en savait rien, elle ne se doutait pas qu'une branche secrète existait si près d'elle. Le temps viendrait où je lui apprendrais tout. Ce moment serait solennel.

Un jour que j'avais étalé mes documents sur la table, Radije les a regardés de près. Elle m'a questionné sur un schéma où j'avais inscrit les prénoms CÉCILE et DENIS.

J'ai été pris de court et je me suis efforcé de mentir avec calme. J'ai prétendu que c'étaient des prénoms conseillés par le guide de généalogie. Ils servaient de modèles et permettaient de s'exercer à reconstituer avec méthode des filiations. On devait inscrire son propre prénom et l'entourer d'autres personnages imaginaires qui formeraient une famille inventée.

Radije n'était pas convaincue. Il y avait deux cases portant le même prénom, DENIS, l'une pour moi et l'autre pour mon fils. Quant au prénom CÉCILE, il ne lui était pas inconnu.

Elle a insisté pour savoir si c'était la femme de la rue Logelbach et j'ai dû le reconnaître. J'ai expliqué que je m'étais décidé à écrire un roman sur la vie de Cécile. Un roman inventé, comme elle me l'avait conseillé. C'est pourquoi je dressais un tableau généalogique de mes personnages. Je devais enrichir le récit avec un environnement familial.

Radije s'est enthousiasmée pour l'idée. Elle avait cru que j'avais abandonné mon projet de roman, elle me voyait enfin à l'ouvrage.

Mon début dans l'écriture lui a tellement plu qu'elle est allée acheter une bouteille de vin blanc et nous avons passé une soirée amoureuse.

Les jours passaient et j'échafaudais de nouveaux plans.

Je cherchais comment révéler publiquement ma paternité avec Denis. Le garçon grandissait vite et il était nécessaire de l'informer avant sa majorité.

Je prévoyais bien sûr quelques obstacles. Denis serait fier d'apprendre qu'il avait un père comme moi, mais ma fille Lucie serait-elle si heureuse ? Elle pourrait être jalouse de ne plus être l'enfant unique que j'avais choyée.

Il y avait aussi ma femme, Radije. Comment apprendrait-elle l'existence du fils secret de son mari ? Elle ne pouvait pas m'en vouloir, puisque cela s'était passé avant notre rencontre. Mais ce n'était pas très élégant de ma part de lui avoir caché.

À moins que je prétende l'avoir découvert depuis peu ?

Je me posais aussi des questions concernant la réaction de Cécile. Je ne devais rien entreprendre sans lui parler, sinon elle pourrait se braquer. Nous devions faire l'annonce en même temps.

Je m'inquiétais surtout pour l'aspect financier de l'affaire. Cécile pouvait demander des dommages et intérêts pour quinze années d'abandon, toute la période où je l'avais laissée se débrouiller seule pour élever notre fils. Je n'étais pas riche et cela risquait de coûter cher.

Peut-être que son mari voudrait également une compensation. JP dirait avoir subi une grave tromperie, un mensonge en paternité. Il exigerait de se faire rembourser tous les frais occasionnés par l'éducation de son faux fils.

Je retournais dans ma tête les divers empêchements, j'étais impatient de trouver une issue. Je pensais déjà à la rencontre de mes deux enfants. Ce serait un moment magnifique et il fallait préparer l'événement.

J'avais choisi le lieu. Nous ferions un repas luxueux dans le palace qui borde l'entrée du Parc, le ROYAL MONCEAU.

La réunion des jeunes gens serait aussi belle qu'un mariage.

Les mois passaient et mon projet de roman n'avançait pas. Radije m'en demandait souvent des nouvelles. J'éludais, je donnais des fausses raisons expliquant ma lenteur. Il fallait améliorer le plan, approfondir les intentions, étudier les personnages avec soin. Radije ne comprenait pas que je doive inventer puisque je partais d'une histoire vraie. Pourquoi ne pas me contenter de la vie de Cécile ? N'était-ce pas plus simple de lui demander les informations manquantes ?

Ma femme était toujours concrète, elle avait raison. Dans son métier, elle était claire et précise, elle disait la vérité à ses clientes. Mon roman devait être aussi solide qu'un mixeur de cuisine.

J'avais fait l'erreur d'envisager ce projet d'écriture. Je savais que c'était impossible. Cécile refuserait que je dévoile sa vie passée, ses amours, ses rencontres, et surtout l'enfant caché que nous avions ensemble.

C'est pourtant cette vie-là qui aurait intéressé un écrivain. Il aurait trouvé une matière, il aurait su l'embellir, la développer vers une grande destinée.

Je n'étais pas un écrivain. Je me sentais incapable d'inventer une histoire. Je me contentais d'observer de loin, de croire à ce que je voyais. Le projet de roman ne pouvait pas aboutir. Je n'étais pas de cette trempe-là.

J'avais constaté que Cécile se rendait tous les jeudis après-midi à des réunions de parents d'élèves organisées au lycée Carnot, proche de son domicile. C'est là que Denis était maintenant scolarisé.

Je m'arrangeais pour aller à ces réunions. Je me faufilais dans les groupes et j'assistais sous le préau à des interventions de professeurs. Si on m'avait demandé ce que je faisais là, j'aurais répondu que je voulais m'informer parce que ma fille Lucie viendrait étudier ici après le collège. Mais personne ne me demandait jamais rien. Même le concierge semblait approuver ma venue lorsqu'il m'adressait un salut de la tête à l'entrée.

En vérité, je voulais m'occuper de la scolarité de Denis. Je supposais que mon fils était semblable à tous les adolescents. Il lui fallait un cadre, des références, des conseils. Je n'étais pas sûr que Cécile suffise à la tâche. Elle était probablement une bonne mère, affectueuse et protectrice, même si je l'avais plutôt vue en colère contre son fils. Mais il fallait aussi à Denis l'autorité d'un père. Et ce père, c'était moi.

Ma position était fragile. Je ne pouvais pas intervenir directement auprès de Cécile ni de Denis. Mais je pouvais assister aux discussions, avoir mon point de vue, surveiller la situation s'il survenait un événement contraire à la bonne éducation du garçon.

Un jour que je sortais d'une réunion, j'ai rencontré Radije devant le lycée. Heureusement j'étais seul sur le trottoir, Cécile s'était déjà éloignée avec les autres parents d'élèves. J'ai expliqué que je cherchais de la matière pour mon roman. Radije m'a souri, heureuse de me voir à l'œuvre pour ce projet en lequel elle croyait tant.

Nous sommes rentrés ensemble à la maison. J'ai expliqué à ma femme que je devrais sans doute entrer en contact avec Cécile pour compléter les informations. J'avais appris qu'elle était mariée et élevait un enfant. Je devais maintenant améliorer le personnage en le situant dans des actions concrètes. Par exemple, il serait bon de montrer Cécile au lycée en rendez-vous avec le proviseur, ou bien lors d'une distribution des prix.

Radije était étonnée. Elle m'a demandé si de telles situations suffisaient pour rendre un personnage intéressant. Tous les parents vont un jour au lycée de leur enfant, cela n'en fait pas des héros de roman. J'ai expliqué que c'était le premier pas. Je prévoyais un développement inattendu, par exemple une rencontre entre Cécile et un parent d'élève, une histoire d'amour qui se cacherait dans le lycée. Il y aurait ensuite de nombreux rebondissements.

Radije n'était pas convaincue mais elle m'a souri. Elle savait que j'allais réussir mon roman, elle me faisait confiance.

À partir de ce jour, je l'ai prévenue chaque fois que je partais au lycée. Je lui disais ce qui motivait ma visite sur le lieu du récit. Je devais inspecter un couloir, chercher l'emplacement d'un rendez-vous secret, trouver une salle de classe déserte, repérer un escalier peu fréquenté.

Quand j'arrivais au lycée, je me dirigeais directement sous le préau où se tenait la réunion. Cécile m'adressait un geste amical, je lui rendais son salut ainsi qu'aux adultes alentour. L'ambiance était très sympathique. Nous formions une confrérie unie, la communauté des parents d'élèves.

Souvent, je remarquais que le salut de Cécile qui m'était destiné semblait plus appuyé qu'aux autres. Et un jour que j'arrivais en retard, je l'ai vue sourire largement, comme si elle avait eu peur que je ne vienne pas.

Ces réactions me semblaient justes. Cécile appréciait que je m'intéresse à l'avenir de notre fils. Elle était contrainte au silence mais pouvait partager avec moi son secret. Notre secret. Je lui apportais mon soutien. Denis restait le centre de mes préoccupations, je ne l'abandonnais pas.

Cécile et moi étions comme deux parents divorcés qui veillent sur l'enfant d'autrefois.

Avec Radije, je me sentais très heureux. À chaque anniversaire de notre rencontre, le 14 juillet, je lui offrais un flacon de parfum au jasmin. C'était notre talisman.

J'avais de la chance, ma femme m'aimait et m'encourageait. Moi aussi, je l'avais toujours protégée et nous restions très proches. Elle était comme une seconde épouse, apparue dans ma vie après un premier mariage avec Cécile.

Je voyais maintenant grandir nos enfants chéris, un garçon et une fille. Denis ressemblait à Cécile, Lucie ressemblait à Radije. J'avais réussi quelque chose, une petite famille construite avec les deux femmes de ma vie.

C'est au printemps de cette année-là que Radije m'a quitté. Je me souviens, on était à la fin des vacances de Pâques, les feuilles avaient poussé sur les arbres du boulevard Malesherbes. Je me réjouissais de retrouver la réunion hebdomadaire au lycée, il ne fallait pas que Denis relâche son attention deux mois avant le baccalauréat.

J'ai trouvé un mot de Radije en rentrant à la maison. Elle voulait qu'on parle *sérieusement*. Elle s'absentait quelques jours avec Lucie et me demandait de *réfléchir à notre situation.*

Sur le moment, je ne me suis pas inquiété. Je n'avais rien à me reprocher. Je gagnais correctement ma vie, j'étais d'humeur égale, je m'occupais de notre fille Lucie. Ma femme devinait peut-être un mensonge, elle imaginait une double vie. Mais je pourrais la rassurer, expliquer ma situation. Je n'étais pas un mari volage, au contraire. Je représentais le père modèle, soucieux de ses deux enfants.

Radije pouvait être déçue à cause de mon roman. Elle avait cru en mon talent, elle m'avait soutenu, quatre ans s'étaient déjà écoulés sans que j'aie commencé le premier chapitre. Il fallait que je lui montre rapidement mon travail, au moins un début de texte. Si besoin, je pouvais recopier discrètement quelques pages d'un manuscrit reçu à la maison d'édition.

Je suis allé acheter le parfum au jasmin. Ce n'était pas la date anniversaire, mais je voulais faire plaisir à ma femme avant de lui parler ouvertement. J'allais lui raconter mon histoire, l'associer à mon projet familial dont elle constituait l'un des pôles. Je savais qu'elle comprendrait. Elle demanderait à rencontrer Cécile, elle voudrait organiser notre avenir avec elle.

Cela ne n'est pas déroulé ainsi. À son retour, Radije m'a annoncé qu'elle avait rencontré un autre homme, elle me quittait pour lui, un homme de son âge, *moins pourri que toi par la rêverie,* et quand je lui ai demandé pourquoi la rêverie m'avait pourri, elle m'a dit que j'étais... *un type qui n'a même pas de pieds.*

Je l'écoutais sans comprendre, je ne l'avais jamais connue avec cet air mauvais. Je m'attendais à une tirade contre Cécile, ou une réflexion désobligeante sur mes projets d'écriture. Elle n'a rien dit de cela. Elle est simplement partie ailleurs, avec un autre, un homme qui l'habitait déjà. Elle n'était plus dans la maison, devant moi, elle me regardait et j'étais devenu transparent.

J'ai souvent repensé à cette scène. Radije avait à peine prononcé dix mots. Puis elle était sortie en me disant qu'elle m'écrirait *pour les détails.* J'étais stupéfait, je n'avais pas réagi quand elle avait pris Lucie par la main et l'avait entraînée.

C'était six mois plus tard. J'habitais maintenant seul avec Lucie. J'avais réussi à récupérer ma fille à l'aide d'un avocat. Il avait bien plaidé, faisant valoir que Radije avait abandonné le domicile conjugal et s'était mise aussitôt en concubinage avec un autre homme. Elle avait été imprudente d'agir ainsi, elle avait tous les torts.

Lucie, qui n'aimait pas son nouveau beau-père, avait choisi de rester avec moi. La loi lui donnait un droit de préférence. Radije n'avait même pas obtenu de garde partagée.

J'étais très heureux de la décision de ma fille, je ne m'y attendais pas. Cela me donnait plus de travail qu'auparavant, mais je me sentais gratifié dans ma paternité. La loi m'offrait une position claire, décisive. J'étais pleinement en charge de mon enfant.

En pensant à cette nouvelle situation, je me disais qu'il serait bon qu'une décision semblable soit prise avec Denis s'il était reconnu comme mon fils. Puisque j'avais reçu la garde de ma fille, je pouvais l'obtenir pour mon fils. Je deviendrais officiellement en charge d'une fille et d'un garçon, nés de deux mères différentes.

Cette solution me semblait juste, il fallait que mes deux enfants bénéficient du même traitement devant la loi. Mais je me demandais comment aborder la question avec Cécile. Je savais que la discussion serait compliquée, Cécile n'aimerait pas se séparer de son fils. Elle serait d'autant plus réticente que je vivais avec une autre femme, elle ignorait que Radije m'avait quitté. Elle pouvait craindre aussi que Denis n'accepte pas facilement de changer de famille. Quant à JP, il n'y serait pas non plus favorable, cela l'obligerait à admettre qu'il n'était pas le vrai père.

Je devais les convaincre que j'élevais déjà ma fille Lucie et que je ferais aussi bien avec Denis. Je lui donnerais la même éducation et le soignerais avec autant d'amour.

J'imaginais l'avenir, je nous voyais passer ensemble nos soirées. Les enfants apprendraient à se connaître et je veillerais à l'harmonie du foyer. Denis était un garçon de dix-sept ans, il voudrait sortir le soir avec des jeunes gens de son âge, je l'encouragerais à découvrir la vie. Je lui confierais Lucie pour l'aider à faire ses premiers pas dans le monde des adultes. Lucie, sa demi-sœur, deviendrait vite sa sœur. Nous formerions une famille définitive.

J'ai cherché par quel biais aborder le sujet avec Cécile. Pour commencer, il fallait que je la prévienne que j'étais séparé de Radije. Cette nouvelle serait une bonne introduction à ma demande.

J'ai décidé d'en parler lors d'une réunion sous le préau du lycée. Ce n'était pas le cadre idéal, mais nous étions fin mai et le baccalauréat approchait. D'ici un mois, je n'aurais plus l'occasion de rencontrer Cécile facilement.

Le jeudi suivant, je suis allée au lycée. Sur place, j'ai appris que les réunions s'étaient terminées récemment. C'était trop tard pour lui parler.

L'été est arrivé et je n'ai pas revu Cécile. Le lycée était fermé, Denis était sans doute parti en vacances avec sa mère. J'ai remis ma demande à septembre et j'ai emmené Lucie dans un club au Portugal.

Nous avons passé un excellent séjour.

Au retour, j'ai trouvé dans la boîte plusieurs courriers désagréables. Radije cherchait à récupérer notre fille. L'avocate tentait de faire casser le jugement pour lui faire obtenir la garde de Lucie. Elle avait saisi le tribunal pour dénoncer ma situation financière *catastrophique*. Elle invoquait ma santé mentale, elle laissait entendre que j'étais inconstant, inapte à travailler, obsédé par des recherches oiseuses. En vérité, écrivait-elle au juge, on ne pouvait pas me confier sans danger la garde d'une mineure.

Radije joignait à ces courriers officiels une lettre pleine d'injures. Ses phrases étaient soulignées trois fois, avec d'énormes points d'exclamation. Il y avait des mots en albanais, sans doute des expressions grossières.

Je ne reconnaissais pas mon ex-femme, je l'avais connue plus équilibrée. Probablement que sa vie avec mon remplaçant ne la satisfaisait pas.

Sur les conseils de mon avocat, je me suis gardé de répondre.

L'automne avançait et je ne savais pas comment proposer mon plan à Cécile. Je n'osais pas lui en parler directement.

J'allais souvent au Parc Monceau, dans l'espoir de la rencontrer. Mais qu'aurait-elle fait auprès des balançoires ? Les enfants étaient trop grands pour jouer. Il fallait que j'aille chez elle. C'était difficile à cause de JP, il ne me verrait pas d'un bon œil entrer à l'improviste et repartir avec Denis.

À la nuit tombée, je traînais rue Logelbach. Je passais lentement sous les fenêtres de l'appartement. Je voulais vérifier qu'ils habitaient encore là. Au quatrième étage les rideaux étaient entrouverts, on apercevait le lustre suspendu au plafond. Rien n'avait bougé.

Un dimanche soir, c'était en hiver et j'étais emmitouflé jusqu'au cou, j'ai vu s'arrêter devant l'immeuble la voiture de JP. J'ai ralenti mes pas pour observer.

JP et Denis discutaient à l'avant. J'étais dissimulé sous un porche voisin, ils ne pouvaient pas me repérer.

Au bout d'un moment, Denis est sorti de la voiture pour entrer dans l'immeuble. JP a démarré et fait un signe au garçon avant de s'éloigner.

Je ne savais que penser de la scène. Pourquoi JP était-il reparti ? Il ne vivait plus dans cet appartement ?

Après avoir réfléchi à plusieurs possibilités, je suis arrivé à la conclusion la plus logique. JP raccompagnait Denis chez sa mère, après l'avoir gardé durant le week-end. Il n'habitait plus avec eux. C'est le principe des couples séparés, l'enfant passe la semaine chez l'un et part le week-end chez l'autre.

J'étais stupéfié par ma découverte. Cécile était séparée de son mari et habitait seule avec son fils. Sans le savoir, elle découvrait comme moi les problèmes de séparation d'un couple avec enfant.

Durant les jours suivants, j'y ai repensé. Est-ce que j'avais bien vu ? Ma conclusion était-elle la bonne ?

J'y suis retourné le dimanche vers vingt heures. La scène s'est reproduite. J'ai vu JP et Denis arriver en voiture et discuter un moment. Puis le garçon a rejoint son domicile tandis que JP repartait.

J'étais maintenant convaincu.

Et un nouveau projet naissait dans ma tête.

Puisque Cécile et moi vivions la même situation, il était temps de réunir nos efforts. Nous allions habiter ensemble et former une seule famille. Cécile, Denis, Lucie et moi. Un couple avec deux enfants nés d'une première et d'une seconde femme. Un nouvel assemblage familial.

Cette solution était parfaite puisque Cécile et moi nous nous connaissions depuis plusieurs décennies. Ce serait une vraie famille recomposée.

J'ai commencé à faire des plans d'installation. Où allions-nous habiter ?

L'appartement de Cécile paraissait grand, mais le mien ne manquait pas d'avantages. Il faudrait au moins deux pièces pour les enfants. Est-ce que Cécile voudrait un bureau pour travailler ?

J'étais impatient d'organiser dès maintenant notre vie commune, j'aurais voulu que cela soit déjà fait.

Je savais que Cécile accepterait mon offre, elle y pensait sans doute déjà, elle s'apprêtait à m'en parler. Elle se trouvait désormais libre, débarrassée de JP. Une possibilité se présentait avec son amour de jeunesse.

J'entendais souvent parler d'histoires semblables, des personnes mûres qui avaient eu une vie familiale bien remplie, même des vieillards. Ils croisaient par hasard un amour ancien et se remettaient en ménage. Dans notre cas, l'issue était prévisible puisque nous n'avions jamais perdu contact. Depuis des années, Cécile me prouvait qu'elle n'avait pas renoncé à moi.

Je nous imaginais déjà en couple, réunis avec nos enfants. Cécile poserait sa tête contre mon épaule, comme au cinéma quand la fillette de *Jeux interdits* l'avait fait pleurer. Et cette fois-ci je saurais la consoler.

Il fallait maintenant trouver le bon moment pour lui en parler. Et d'abord, mettre les choses en ordre pour notre habitation.

J'ai commencé à prospecter les magasins d'ameublement. J'ai visité des galeries commerciales, des antiquaires, des dépôts-ventes, des discounts. Je n'avais jamais ressenti un tel goût pour l'aménagement.

J'ai choisi une grande surface avec du mobilier fonctionnel. Je savais que Denis m'aiderait à assembler les meubles en kit. J'ai commandé deux belles armoires, cinq étagères, quelques coffres de rangement.

J'ai hésité à acheter une table de travail commune pour les deux enfants. L'idée de les réunir était tentante, mais je ne devais rien brusquer. J'ai décidé que le garçon s'installerait dans mon bureau et j'irais travailler au salon.

Il restait une pièce à meubler, c'était la chambre à coucher. Je devais la partager avec Cécile. J'étais très ému et je répétais intérieurement *notre chambre* en prospectant les différents modèles.

Je ne voulais plus de mon ancien lit partagé avec Radije, j'allais vite m'en débarrasser. Comment choisir le nouveau ? J'hésitais sur le style, ignorant si Cécile préférait le bois clair ou le capitonnage. Est-ce que je devais prendre un grand lit, ou plutôt deux lits conjoints qui pouvaient se réunir ?

Il suffisait que je pense à un lit double pour qu'une excitation s'empare de moi. Je ne pouvais pas me retenir, je frissonnais en essayant l'un après l'autre les différents modèles qui me tendaient les bras. J'imaginais les draps froissés, les oreillers en boule, les édredons enfoncés, je m'allongeais, je pensais au corps de Cécile.

Je me souviens qu'un jour une vendeuse est arrivée à l'improviste, elle m'a surpris étendu sur un modèle de lit géant, le NOCES ROYALES. J'ai eu très peur qu'elle aperçoive mon érection. J'ai vite quitté le magasin avant qu'elle avertisse le patron.

Je ne parlais pas à Lucie de mes préparatifs. Elle me voyait prendre des mesures dans l'appartement, consulter des catalogues, mais elle ignorait tout. Je voulais lui faire la surprise au moment venu.

Les premiers cartons ont été livrés. Rien n'indiquait leur contenu, je gardais le secret. C'est devenu un jeu entre Lucie et moi. Je recevais des colis emballés et je lui demandais d'attendre la bonne surprise. C'était comme les cadeaux de Noël qu'on n'a pas le droit de déballer avant le grand jour.

Lucie comptait les colis et inscrivait dessus un nouveau numéro à chaque arrivage. Elle a décidé qu'elle ouvrirait le vingtième, avec ou sans mon accord. J'ai accepté, je savais que Cécile et Denis viendraient s'installer dès que je leur proposerais.

Le temps passait. J'avais commandé des placards, un lit, deux tapis, des affiches de groupes musicaux pour les chambres d'adolescents.

Un soir, j'ai décidé que tout était prêt. J'irais sonner dès le lendemain à l'appartement de la rue Logelbach.

À l'aube, j'ai été réveillé par ma sœur, Laurence, qui me téléphonait de Bordeaux. Elle était malade et voulait que je vienne vite. J'étais contrarié de manquer mon rendez-vous avec Cécile. J'hésitais aussi à laisser Lucie toute seule, elle avait à peine quatorze ans.

Ma sœur insistait. Je me souvenais qu'elle m'avait aidé quand j'allais mal quelques années plus tôt, c'était mon tour d'aller la soutenir.

J'ai laissé de l'argent à Lucie en la recommandant à ma voisine et j'ai pris le premier train.

C'était plus grave que je pensais. Laurence avait fait une rechute d'une maladie qui l'immobilisait. Elle souffrait de vertiges, avait une forte perte d'audition. Il lui manquait quelqu'un pour s'occuper de son quotidien.

Je me suis installé dans le deux-pièces sombre où j'avais déjà séjourné. Je pensais à mon logement lumineux à Paris, aux livraisons de meubles neufs qui m'attendaient et Lucie qui les numérotait.

Je ne reconnaissais pas Laurence. Elle était devenue taciturne et gardait le lit toute la journée. Je lui faisais la lecture à voix forte, je préparais ses repas et m'occupais du ménage. Son chat Laurent n'était plus là pour me tourmenter, il était mort depuis longtemps. Je me retrouvais seul avec mes pensées.

Les jours passaient et je m'impatientais. Je téléphonais souvent à Lucie, elle me rassurait sur la situation à la maison. Un dix-septième colis était arrivé, elle s'apprêtait à tout déballer. Je tentais de la dissuader mais le jeu entre nous était trop engagé pour revenir en arrière. J'avais accepté les règles.

Ma sœur devinait mon état, elle me connaissait bien. Elle était accaparée par sa maladie, mais elle aurait bien aimé que je lui raconte mes problèmes, la séparation avec Radije, la garde de ma fille. J'éludais chaque fois, surtout qu'il fallait crier fort, ce qui se prêtait mal à des aveux intimes. Je ne pouvais pas encore lui parler de Cécile, de Denis, la nouvelle vie qui m'attendait. Je me contentais de lui dire que l'avenir se présentait au mieux, je la remerciais de son attention, je resterais le temps nécessaire à sa guérison.

Au bout de quinze jours, j'étais encore là, je bouillais intérieurement. J'étais tenté de prendre la fuite, d'invoquer un désastre, le feu à mon appartement, un grave accident arrivé à Lucie. Je ne pouvais plus laisser Cécile attendre, il fallait que je rentre à Paris pour faire ma demande.

Lucie m'a téléphoné pour annoncer joyeusement une dix-neuvième livraison. C'était l'avant-dernier numéro, ensuite elle allait tout déballer. J'étais coincé. Dans l'urgence, j'ai eu soudain une idée lumineuse. Je lui ai proposé de résoudre elle-même l'énigme en allant voir une dame. La proposition ressemblait à un jeu. Je confiais à ma fille un message écrit, elle allait à une certaine adresse le remettre en mains propres à une dame. La dame lisait le message devant elle et lui expliquait tout.

Lucie s'est étonnée que je ne poste pas ma lettre depuis Bordeaux. Je lui ai expliqué que je n'étais pas très sûr du nom de famille de la dame. Mais l'adresse et l'étage suffiraient. Si elle allait sur place, le mystère des colis lui serait révélé.

J'ai pris longtemps pour écrire cette lettre. C'était difficile d'expliquer en quelques pages mon projet. Il fallait que le texte soit clair, bien formulé, convaincant. Cécile devrait se décider sans tarder. Ma fille se tiendrait sur le pas de la porte, attendant qu'elle ait lu. Peut-être Denis surgirait-il à cet instant de sa chambre, observant Lucie avec curiosité. Cécile relirait une seconde fois, silencieusement, son visage deviendrait très doux. Elle replierait la lettre entre ses mains, elle sourirait aux jeunes gens. *Mes enfants, nous allons fonder tous les quatre une merveilleuse famille.*

Je savais que cela se passerait ainsi. Cécile me connaissait depuis l'adolescence, nous avions fait un enfant ensemble, je n'avais pas besoin de donner trop d'arguments. Je lui proposais de partager sa vie puisque j'étais l'homme de sa vie.

En quelques jours, ma lettre a été écrite. Je l'ai mise dans une enveloppe cachetée, à l'intérieur d'un courrier que j'ai adressé à ma fille. Au téléphone, je lui ai recommandé d'aller voir la dame un soir de semaine, à l'heure du dîner. Je lui ai donné l'adresse et l'étage de la rue Logelbach. Et j'ai attendu.

J'étais épuisé. J'avais fait un effort énorme. Je me sentais comme les amoureux d'autrefois, quand le garçon devait demander la main d'une jeune fille à son père. Je repensais au père de Cécile, l'architecte. Et si j'étais allé lui faire ma demande ? Aurait-il accepté ? Il préférait peut-être garder Cécile pour lui seul, afin de la promener dans sa décapotable.

Maintenant il n'avait plus son mot à dire, sa fille m'appartenait.

Trois jours sont passés et Lucie m'a appelé. Elle m'a dit qu'elle était allée à l'appartement et personne n'avait ouvert. Elle aurait pu glisser la lettre sous la porte, mais elle s'était souvenue que la dame devait expliquer le mystère des colis, elle ne voulait pas manquer ça.

Je lui ai demandé de retourner là-bas dans la journée et de parler à la concierge s'il n'y avait personne.

Je me suis couché ce soir-là très inquiet, je craignais que Cécile soit partie en vacances avec Denis.

Lucie m'a téléphoné le lendemain en fin d'après-midi. Elle était montée au quatrième et avait trouvé la porte entrouverte. Elle avait vu à l'intérieur un homme qui faisait visiter l'appartement à un couple. Les pièces étaient complètement vides, le logement mis à neuf. Comme elle restait à regarder sans savoir que faire, les gens lui avaient demandé ce qu'elle cherchait. Elle avait tendu l'enveloppe où figurait en gros l'inscription CÉCILE et les autres avaient gentiment répondu qu'ils ne la connaissaient pas.

Le lendemain à l'aube j'ai repris le train. J'étais furieux contre ma sœur qui m'avait retenu trop longtemps.

En arrivant à Paris, je suis allé directement rue Logelbach. La liste des occupants de l'immeuble avait disparu. À la place, une affichette indiquait les horaires d'ouverture de la loge, mais la concierge avait tiré les rideaux, c'était l'heure du déjeuner.

J'ai grimpé les étages et sonné au quatrième. Personne n'a ouvert. J'ai attendu quelques minutes et j'ai sonné encore. Aucune réponse. Je suis redescendu lentement, je devais avoir un air hagard quand j'ai sonné chez l'occupant du dessous. Une voix chevrotante m'a demandé mon nom à travers la porte, j'ai parlé des locataires du quatrième, la dame et son fils. Une vieille femme a entrouvert sa porte, elle m'a dévisagé avec une mine sévère comme si je venais lui confesser un péché. J'ai expliqué que j'étais un cousin de province, j'arrivais à l'improviste. La femme a tordu sa bouche minuscule, *Vos cousins ne sont pas recommandables, monsieur!* Elle a voulu refermer la porte, j'ai bloqué avec mon pied et fait un geste menaçant. La femme m'a dit en tremblant que *Ceux du quatrième* étaient partis, ils avaient laissé l'appartement avec la télévision allumée et le repas du midi sur la table, *C'est tout ce qu'on m'a dit, je n'en sais pas plus!* Elle a profité de ma stupéfaction pour claquer la porte. J'ai sonné, tenté de lui reparler. Elle a crié d'une voix aiguë qu'elle allait appeler la police. Je suis descendu à la loge, la concierge n'était pas revenue.

Dehors il neigeait, les flocons glissaient sur mon visage, je ne sentais rien. J'ai pénétré dans le Parc Monceau et je me suis assis sur un banc. Rien ne bougeait alentour, une couche blanc uniforme recouvrait les pelouses, les allées, les monticules où se dressaient autrefois des massifs de fleurs. Mon histoire avec Cécile avait commencé ici, elle était maintenant enfouie, devenue invisible. Quand la neige fondrait, le parc retrouverait sa verdure mais notre histoire ne renaîtrait plus. Ce serait un souvenir très ancien et connu de moi seul.

Au bout d'un moment, j'ai eu très froid. La neige coulait sous ma chemise, j'avais les pieds trempés, je grelottais. J'ai eu la force de me lever et je suis reparti vers la Rotonde.

Sans m'en rendre compte, j'étais revenu dans l'immeuble et le rideau de la loge était ouvert. J'ai pris une mine sombre pour frapper au carreau. Un homme en bretelles m'a ouvert d'un air jovial. Ce n'était plus la concierge qui m'avait causé tant de soucis autrefois. J'ai demandé des nouvelles des occupants du quatrième, je cherchais un collègue absent de son travail. Le gardien a eu l'air étonné, l'appartement était à louer. J'ai fait mine de m'inquiéter, j'espérais qu'il ne lui était pas arrivé un malheur. Le gardien m'a expliqué qu'il était nouveau dans l'immeuble, le logement du quatrième était inoccupé quand il avait pris ses fonctions, il ne connaissait pas les précédents occupants.

Je restais planté devant la loge, j'insistais pour avoir d'autres informations. Le gardien tirait sur ses bretelles, il a fini par me dire ce qu'il savait. Le syndic avait parlé d'un problème avec les occupants du quatrième, ils devaient un arriéré de loyer et avaient filé sans prévenir. Cela ne pouvait pas être mon collègue de travail puisque l'appartement était habité par une femme et son fils.

C'était bien eux, Cécile et Denis. Ils s'étaient enfuis de leur logement. J'ai tenté ma chance, j'ai demandé aimablement si le courrier était réexpédié ailleurs. Le gardien s'est retourné vers sa loge, il m'a montré un casier débordant de lettres et de paquets. *Tout ça ! Je ne sais pas quoi en faire. La Poste ne veut plus les reprendre parce qu'on a dépassé le délai de trois mois.* Il paraissait navré.

J'écoutais, je hochais la tête, je calculais. Le gardien parlait d'un délai de trois mois, j'avais laissé passer tout ce temps. Maintenant c'était trop tard, comme au cinéma, je n'avais pas saisi ma chance, incapable d'embrasser l'adolescente. C'était toujours la même histoire, je ne savais pas me décider au bon moment.

Le gardien m'a tiré de mes pensées en me déclarant qu'il avait du travail. J'ai pris un air affable, j'ai proposé de prendre le courrier pour m'occuper moi-même de le renvoyer à ses expéditeurs. Le gardien a paru hésiter, j'en ai profité pour lui vanter l'avantage que chacun en tirerait, les lettres ne seraient pas détruites, les expéditeurs seraient contents de recevoir des nouvelles de leurs envois. En mon for intérieur je me voyais déjà ouvrir ces lettres, j'allais me plonger dans la vie de Cécile, je pourrais découvrir ses projets, écouter ses préoccupations secrètes. Je lirais peut-être la réponse d'une amie à qui elle avait confié ses sentiments pour moi, j'apprendrais des détails intimes. Je déballerais aussi les paquets destinés à Denis, je connaîtrais ses achats faits par correspondance, la référence de ses jeux vidéo, la marque de ses baskets préférées, je pourrais mieux préparer sa venue à la maison.

J'étais si enthousiaste que je n'ai pas vu que le gardien me faisait des signes depuis un moment. Et maintenant il me poussait vers la porte de l'immeuble. Le temps que je retrouve mes esprits, la porte était refermée sur mon nez et j'étais dans la rue.

J'ai traîné plusieurs heures avant d'aller chez moi. Dans l'appartement, j'ai trouvé l'entrée et le salon remplis de cartons. Je savais qu'ils contenaient des armoires, des lits, du mobilier de cuisine, des décorations, de quoi meubler deux appartements comme le mien. J'avais commandé large, sans regarder à la dépense.

Lucie est arrivée à cet instant, elle revenait de l'école et m'a sauté dans les bras. Elle paraissait aussi contente d'ouvrir les cartons que de retrouver son père. Elle m'a montré comment elle avait disposé les livraisons en les plaçant en ligne, du numéro un au numéro dix-neuf.

Je ne savais pas quoi dire, j'étais catastrophé. J'ai dit que j'étais sur les traces de la dame à qui remettre la lettre. On connaîtrait bientôt le mystère, il fallait encore patienter.

Ma fille a accepté en sautant de joie, le jeu devenait une enquête pleine d'attentes et de rebondissements. J'ai promis que nous aurions la clef de l'affaire avant une semaine.

Cette nuit-là, je n'ai pas dormi. Une idée terrible me venait. Cécile et Denis n'avaient pas quitté l'appartement de leur plein gré. Ils étaient partis au milieu d'un repas, avec la télévision allumée, on les avait obligés à se lever en laissant tout sur place. Ils n'avaient pas disparu, on les avait fait disparaître.

J'essayais de reconstituer leur vie avant ce jour-là. Je n'avais aucun indice sur lequel m'appuyer. Je cherchais des motifs, quelqu'un leur voulait du mal, les avait menacés et forcés à le suivre. L'argent ne me semblait pas un mobile possible. Cécile était une femme organisée et responsable, agissant avec conviction. Je l'avais entendue au lycée quand elle intervenait auprès des parents d'élèves. On l'écoutait, on la respectait. Je l'imaginais mal empêtrée dans une affaire de dette ou de vengeance. Mais est-ce qu'on connaît vraiment ses amis ? Est-ce qu'on peut deviner leurs pensées intimes ?

Cécile, je la connaissais bien. Depuis presque quarante ans.

Le matin, je me suis réveillé en sueur. J'avais mal à la tête, j'avais trop réfléchi pendant la nuit. Je cherchais qui avait pu organiser la disparition. J'avais entendu tant d'affaires où les criminels sont les proches de la victime, un voisin, un parent, un père ou un mari. Voilà. Un mari. JP. C'était lui le coupable. Je me retournais dans mon lit et les pièces du puzzle s'assemblaient.

Le jour se levait. Je me suis habillé rapidement. Lucie dormait encore dans sa chambre quand je suis sorti.

Je suis arrivé au commissariat au moment de la relève. Les agents échangeaient leurs postes en commentant les événements survenus durant la nuit. Je leur ai parlé d'une affaire urgente et ils m'ont regardé d'un air goguenard. Je ne devais pas avoir bonne mine. Ils me prenaient sans doute pour un clochard en manque de boisson.

Au bout d'un moment, l'un d'eux m'a fait asseoir devant son bureau en lapant son café avec des bruits dégoûtants. Je le regardais fixement. J'ai articulé la phrase avec solennité, *Je suis venu pour un kidnap-*

ping. Le policier a posé son café, il a paru intéressé par mon cas. J'ai confirmé, *Une femme et un enfant.* Il a sorti un stylo. *Vous êtes de la famille ?*

À partir de là, les choses ont commencé à s'embrouiller.

Le policier voulait savoir qui étaient les victimes de ce *kidnapping*, il prononçait le mot comme dans un cours d'anglais pour débutant, avec un gros chewing-gum dans la bouche. Quand j'ai dit que je n'étais pas très sûr du nom de famille, il a ouvert de grands yeux. *Vous avez été témoin d'un enlèvement dans la rue ? — Non, je suis allé chez eux. — Chez eux… dont vous ne connaissez pas le nom, c'est bien cela ?*

Il me fixait d'un air narquois et se lissait machinalement la moustache. Une goutte de café était restée accrochée aux poils, je sentais que ma déposition ne serait pas facile. *Il y a deux personnes disparues, je peux le garantir. — Et quelle est votre relation avec ces deux personnes ? — Le garçon s'appelle Denis, c'est mon fils, sa mère s'appelle Cécile et nous allons nous marier quand elle aura divorcé.*

Le policier a hoché la tête. Plusieurs fois. Il me fixait et semblait réfléchir à trouver une solution à mon problème. *Vous allez m'aider à les retrouver ?* Il continuait de me fixer en silence, j'ai haussé le ton.

Vous allez m'aider, enfin ! Leurs vies sont en danger ! Si vous ne m'aidez pas... Le policier s'est brusquement levé. *Monsieur, ne me menacez pas, s'il vous plaît.* Il est sorti de la pièce et je l'ai entendu qui discutait dans le couloir avec ses collègues. L'un d'eux a passé la tête à la porte pour me voir, deux autres étaient derrière lui à me dévisager. J'ai eu soudain très peur qu'ils me sautent dessus. Je me suis levé et j'ai filé vers la sortie.

Personne n'a essayé de me retenir.

Je marchais dans les rues. J'avançais sans direction précise. Il était encore tôt et les gens partaient à leur travail. Des groupes compacts occupaient le trottoir et me bousculaient en passant. Je laissais faire, je réfléchissais comment retrouver Cécile et Denis. La police ne voulait pas m'aider. Je n'y arriverais pas seul, ou bien cela demanderait beaucoup de temps et le ravisseur aurait loisir de les faire disparaître. Il les cacherait à la campagne dans une ferme isolée, il les emmènerait à l'étranger. Peut-être il les tuerait tout de suite. On ne saurait plus jamais rien d'eux.

J'étais plongé dans mes pensées et je n'ai pas compris tout de suite que quelqu'un m'appelait. J'ai entendu le prénom *Denis* et je n'ai pas réagi. Je croyais que l'appel était dans ma tête et qu'on partait enfin à la recherche de Denis et Cécile.

Devant moi, un homme barbu était arrêté et souriait largement. *Denis, tu ne me reconnais pas ?* Je le dévisageais sans comprendre. *Jean-Guillaume, je suis Jean-Guillaume, tu ne te souviens pas de moi ?* J'ai ressenti un haut-le-cœur. Jean-Guillaume était mort depuis dix ans. *Mais alors tu oublies facilement tes amis !* Il continuait de me sourire, il semblait prêt à m'embrasser. Je me suis reculé vivement.

Jean-Guillaume ? Ce barbu lui ressemblait beaucoup, mais Jean-Guillaume s'était suicidé, ce n'était pas lui. J'ai levé les bras d'un air impuissant, je ne pouvais pas parler. *Je suis content de t'avoir retrouvé, depuis le temps, tu avais déménagé ?* Il parlait avec douceur, il était convaincant, mais je savais que les morts ont des arguments pour attraper les vivants, mon cœur battait très vite, je sentais mes mains transpirer, j'ai voulu faire volte-face, j'ai couru sur le trottoir et je suis tombé évanoui.

Un peu plus tard, nous étions assis dans un café et Jean-Guillaume me racontait sa vie. Je buvais mon troisième alcool et la journée semblait moins sombre. Jean-Guillaume m'expliquait comment son suicide avait raté. Certains le croyaient mort et avaient répandu la nouvelle. Mais il s'en était sorti et avait changé d'existence. Fini les brasseries de luxe et les gourmettes en or. Fini les filles de vingt ans et les vacances à Courchevel. Il avait tout compris. Il répétait avec insistance ces deux mots : *tout compris*, comme s'il espérait les faire entrer profondément dans mon cerveau. Il parlait, il parlait sans s'arrêter, il était plein de bienveillance et j'hésitais à lui raconter mon existence depuis vingt ans, Radije, la naissance de Lucie, mon divorce, les retrouvailles avec Denis, mon prochain mariage avec Cécile, la disparition de la rue Logelbach.

Au bout d'une heure, je l'écoutais encore, j'étais un peu saoul à cause des verres d'alcool, j'étais ému de retrouver Jean-Guillaume avec son énorme barbe qui faisait postiche, peut-être voulait-il se déguiser, se camoufler de ceux qui l'avaient connu autrefois, les jeunes call-girls et les banquiers, les portiers de palace avec leurs uniformes à galons, il avait renoncé à cette vie inutile, il insistait à nouveau sur ces deux mots : *vie inutile*, il se consacrait maintenant aux autres, les pauvres et les déshérités, il faisait de l'humanitaire, je devais aller le voir à son travail, il me montrerait comment on combat la misère, *Tu dois t'y mettre aussi, Denis !*

Le soir j'étais à la maison avec Lucie. Nous avons décidé d'empiler tous les cartons dans un coin en attendant de trouver la solution, l'énigme de la dame du quatrième. Lucie était d'accord pour patienter avant d'ouvrir les paquets.

J'étais épuisé par ma journée, d'abord le policier qui ne m'avait pas cru, ensuite Jean-Guillaume que je n'avais pas reconnu. Cette histoire de suicide était si incroyable que j'ai voulu prévenir Radije. C'est elle qui avait reçu le coup de téléphone annonçant son décès.

Je lui ai écrit un petit mot pour lui raconter ma rencontre avec Jean-Guillaume.

Deux jours plus tard, elle m'a répondu par une lettre d'insultes. Elle savait que Jean-Guillaume était mort, j'avais eu une hallucination dans un café parce que j'avais bu, ça confirmait que j'étais devenu fou. Elle concluait en disant qu'elle avait transmis ma lettre à son avocate, c'était la preuve de mon esprit dérangé, on allait me retirer la garde de Lucie.

J'ai préféré ne pas répondre.

Je suis retourné rue Logelbach deux semaines plus tard. Le gardien m'a dit que personne n'était revenu depuis ma dernière visite. Je lui ai reparlé du courrier, il m'a annoncé qu'il avait tout détruit. Il l'a dit posément, d'une voix ferme, en me regardant droit dans les yeux. On aurait cru qu'il voulait prendre les devants, couper court à un trafic louche que j'allais lui proposer, utiliser l'identité de Cécile pour une fraude, toucher un mandat postal en son nom, commander un téléviseur pour la loge et une croisière luxueuse pour moi, nous aurions partagé le butin.

Il continuait de me fixer en remontant ses bretelles, l'une après l'autre, les pouces en dessous. J'ai griffonné mon numéro de téléphone sur un papier, pour qu'il me prévienne si les occupants du quatrième revenaient.

Il a glissé le papier dans sa poche avec une moue. J'ai compris qu'il espérait ne plus jamais me revoir.

Je ne savais plus à qui me fier pour les retrouver.

J'ai pensé à Jean-Guillaume, il s'était tiré d'une situation désespérée, il avait de la ressource, je devais lui parler.

Il travaillait en banlieue, dans un vaste hangar où l'on pouvait acheter divers objets utiles au quotidien, meubles et habits, ustensiles de cuisine, matériel de bricolage. Tout était usagé et vendu à bas prix. Les recettes allaient à des nécessiteux, dont Jean-Guillaume s'occupait avec les bénévoles de son association.

Tous portaient comme lui une barbe épaisse et parlaient avec douceur.

Jean-Guillaume m'a entraîné dans son bureau et m'a servi du thé réchauffé. Sa bienveillance me déroutait, je l'avais connu si mordant, persifleur, parfois presque méchant. Je me demandais ce qui lui était arrivé. Avait-il aperçu la lumière blanche dont parlent ceux qui ont frôlé la mort de près ?

Je lui ai parlé de Cécile. Il ne se souvenait pas d'elle. Cette époque lui était devenue étrangère, c'était sa *première vie* et il ne voulait plus y penser. J'ai dû insister, lui rappeler les rencontres à la

Rotonde, le rendez-vous à trois qui avait tourné court, notre virée nocturne dans l'immeuble. Il paraissait soucieux de m'aider, toujours cette bienveillance qui commençait à m'exaspérer, mais il ne comprenait pas pourquoi je m'intéressais à cette fille. Alors j'ai dû tout raconter, n'oublier aucun détail de l'histoire, revenir sur tant d'années de ma vie.

Jean-Guillaume m'écoutait d'un air onctueux, la tête un peu penchée, il frottait doucement ses mains l'une contre l'autre. Je me souvenais de la confession dans mon collège religieux, les curés avaient cette mine désolée, ils compatissaient à mes péchés, ils ne voulaient pas me juger mais je devais quand même me réformer et demander pardon, trois Ave Maria et un Notre Père à la sortie.

J'ai abrégé l'histoire pour venir plus vite au dernier épisode, la disparition rue Logelbach. J'ai expliqué pourquoi JP avait enlevé Cécile et Denis, il ne supportait pas que sa femme veuille le quitter pour vivre avec moi et notre fils, il accomplissait une vengeance terrible, tous les jours on entend parler de tels drames.

Jean-Guillaume a hoché la tête. *Se venger est une mauvaise chose.* Il a encore frotté ses mains. *Et toi, veux-tu te venger de cet homme ?*

Ce n'était pas le moment de lui dire que je comptais étrangler JP. J'ai feint la plus grande tranquillité et déclaré d'une voix mielleuse que je laisserais JP en paix s'il relâchait ses otages.

Jean-Guillaume m'a fait un large sourire, il me trouvait sans doute très magnanime et m'accueillait dans sa famille œcuménique.

Le lendemain, je suis allé à la Préfecture de police, bâtiment C, escalier F.

Jean-Guillaume m'avait parlé d'un Bureau des personnes disparues où je pourrais trouver de l'aide.

Une douzaine de personnes patientaient dans le couloir. Il fallait prendre un ticket. J'ai eu le numéro 35, le même chiffre que l'immeuble de Cécile, c'était un signe favorable.

Au bout d'une heure d'attente, je suis entré dans un box vitré, devant une femme au visage impassible. Je suppose qu'elle se composait un masque pour affronter les histoires terribles qu'elle écoutait à longueur de journée.

Je n'ai pas eu à lui raconter longtemps la mienne. Quand j'ai dit l'âge de mes disparus, elle m'a interrompu. D'après la loi, m'a-t-elle expliqué, on ne recherche pas des personnes majeures parties volontairement. Elle parlait d'un ton morne, comme dans un cours de formation au métier de croque-mort. *Il y a chaque année en France des milliers de personnes qui disparaissent de leur plein gré, la police ne peut pas les obliger à revenir. Si elle découvre leur nouveau domicile, elle n'a pas le pouvoir de le communiquer aux proches.*

J'ai dit que j'étais très proche, elle ne m'a pas questionné sur mes liens de parenté. *Monsieur, chacun a le droit de disparaître, je vous le répète.*

J'étais stupéfait. La femme tripotait entre ses doigts mon ticket avec le numéro 35, elle voulait me faire comprendre que l'entretien était terminé. J'ai pris un air désespéré et j'ai joué ma dernière carte. *Ils n'ont pas disparu volontairement, ils ont été enlevés, c'est un kidnapping!* La femme m'a dévisagé en silence. *Un crime de vengeance, à cause de mon fils naturel!* La femme a jeté un œil vers le couloir où patientaient une dizaine de personnes. Elle m'a répondu sans sourciller que je devais me rendre au commissariat de mon domicile pour *avertir les services compétents.* Elle a appuyé sur un bouton, j'ai entendu un signal sonore et vu le bandeau lumineux avec le numéro 36.

J'avais repris mon activité dans la maison d'édition. Mes collègues s'inquiétaient de ma mine. Ceux à qui j'avais parlé de mon prochain mariage avec Cécile n'osaient pas m'interroger, je voyais qu'ils interprétaient mon mutisme comme un chagrin d'amour.

Un mardi, nous avons eu une réunion de travail pour parler d'un ouvrage à paraître, traitant de successions. Quelqu'un a dit que les questions d'héritages étaient souvent résolues par des détectives spécialisés. Le directeur de collection a déclaré que ce serait un bon sujet de livre.

J'y ai réfléchi le lendemain. Un détective, c'était peut-être le moyen de retrouver mes disparus. Je me suis renseigné auprès de mon collègue. Il m'a expliqué que les notaires avaient recours à un détective quand le bénéficiaire d'un héritage ne se déclarait pas. Le détective était chargé de retrouver l'ayant droit dont on avait perdu la trace.

J'avais la solution de mon affaire, il me fallait cet homme.

En quelques jours, mon collègue m'a trouvé le téléphone d'un détective spécialisé, un certain Monsieur Marc. Je l'ai appelé, j'ai eu du mal à le convaincre. Il se méfiait et différait le rendez-vous. Plus tard, j'ai compris pourquoi. Il craignait que je sois journaliste et révèle ses combines très peu recommandables. Il travaillait en dehors de toute légalité et il avait déjà eu des problèmes avec la police pour comportement délictueux.

Nous nous sommes rencontrés dans un café des Grands Boulevards. Il s'était assis au fond de la salle et surveillait les allées et venues comme s'il craignait l'arrivée d'un commando chargé de le tuer. J'ai pensé qu'il se donnait des airs pour m'impressionner. Quand je lui ai raconté mon histoire, il a ricané, il se moquait ouvertement de moi. Je me suis contenu, je n'avais pas le choix. Nous avons parlé d'argent, le reste semblait assez peu l'intéresser. Il m'a demandé une grosse avance et quelques renseignements. Je lui ai dit tout ce que je savais, il n'écoutait pas. Quand nous sommes sortis de la brasserie, j'ai vu qu'il me faisait passer en premier et attendait quelques instants pour s'assurer que personne ne m'avait accompagné.

En rentrant chez moi, je repensais à ce Monsieur Marc. Il ne ressemblait pas au sauveur que j'attendais. Il était petit et malingre, il marchait voûté, je l'imaginais mal s'affronter à JP si jamais il devait le surprendre dans sa cachette avec Cécile et Denis. Il se ferait peut-être kidnapper à son tour et mes chances disparaîtraient.

Le soir, avec ma fille, j'ai parlé des colis qui encombraient le salon. Lucie acceptait qu'on les garde, à condition de les déballer. J'ai dû céder. On en ouvrirait un chaque semaine, pas plus. Il y en avait dix-neuf, cela représentait cinq mois, je savais que la disparition serait résolue bien avant. Mais je n'avais aucune idée de comment justifier ces achats.

J'ai choisi un paquet et nous l'avons ouvert. J'ai déballé un assemblage de literie avec deux draps, deux couvertures, un couvre-lit. J'ai expliqué à Lucie que c'était un cadeau de la dame du quatrième. Ma fille était contente mais un peu déçue. Elle aurait préféré une PlayStation ou un téléphone portable.

Je lui ai dit que nous allions bientôt rencontrer cette dame pour la remercier. *C'est une bonne amie, tu verras, aussi gentille que ta maman.* Lucie n'a pas semblé apprécier la comparaison.

Quelques jours plus tard, le détective m'a téléphoné pour me donner un nouveau rendez-vous. Je l'ai retrouvé dans un café près de la gare de l'Est. Il semblait aussi inquiet que la fois précédente et scrutait en détail chaque consommateur. *Je la tiens, je l'ai logée.* J'ai pensé qu'il avait retrouvé Cécile mais il me parlait de la concierge, l'ancienne gardienne de la rue Logelbach. Il m'a raconté qu'il s'était fait passer au téléphone pour le syndic de l'immeuble, il avait parlé d'un arriéré de salaire à remettre. La concierge acceptait de le recevoir dans sa maison de retraite. J'ai trouvé le procédé peu élégant mais je n'ai rien dit.

Il m'a demandé une nouvelle somme d'argent pour continuer, j'hésitais, je ne comprenais pas comment la concierge était un moyen pour retrouver Cécile. Il attendait avec son air sournois, j'ai cédé.

Le lendemain, j'ai questionné mon collègue de bureau. Il savait que Monsieur Marc était efficace, mais traînait une mauvaise réputation. Il avait fait partie de la Brigade des mœurs, on l'avait chassé parce qu'il trafiquait avec les tenanciers de bars à filles. Mon collègue souriait benoîtement. *J'espère que tu ne l'emploies pas pour retrouver ta femme parce qu'il a l'habitude de se servir au passage.* J'ai trouvé sa réflexion très déplacée.

C'était le jour d'ouvrir un nouveau colis avec ma fille. J'ai choisi un paquet allongé, j'espérais que le contenu ne m'obligerait pas à faire un gros mensonge. Lucie a déballé, elle était tout excitée. *Alors c'est quoi, ce cadeau ?* On a sorti une série de posters de joueurs de football, destinés à Denis. Lucie m'a regardé d'un air catastrophé. *Papa, je ne joue pas au foot, tu le sais bien !* J'ai tenté de sourire. *Peut-être qu'un jour tu en feras ? Ou tu le regarderas à la télé, non ?* Lucie a haussé les épaules et est repartie dans sa chambre. On ne s'est plus parlé de la soirée.

J'ai revu Monsieur Marc au Parc des Buttes-Chaumont. Il avait choisi une allée avec vue sur les promeneurs, il surveillait leurs déplacements, je trouvais sa méfiance exaspérante, mes affaires étaient plus graves. *J'ai visité la concierge, elle a la dent dure, la mère Tison!* J'étais impatient de savoir ce qu'elle avait raconté, mais il me faisait attendre, il racontait des méchancetés sur elle et la traitait de *vieille carne*. Madame Tison n'avait rien dit. Elle avait tout oublié. Elle prétendait qu'aucun couple avec enfant n'avait jamais vécu dans l'appartement du quatrième, pas de Cécile ni de JP, aucun jeune garçon. Absolument personne.

J'étais consterné. La concierge avait un Alzheimer, on arrivait trop tard. Monsieur Marc n'était pas d'accord. Il prétendait qu'elle avait oublié le passé récent mais conservait d'autres souvenirs. Elle avait parlé de deux filles qui vivaient ensemble, *Elles s'em-*

brassaient sur la bouche… devant ma loge!, le détective imitait sa voix rauque, il en rajoutait sur les ragots, les mannequins de l'agence toujours drogués, un couple de vieux qui criaient la nuit, le célibataire mort dans ses toilettes, *un foutoir, cet immeuble!*

Le tableau était exagéré, mais tout n'était pas faux. On tenait un témoin, le détective avait bien travaillé. Je lui ai demandé si Madame Tison ne cachait pas des choses. Elle avait oublié la période récente, c'était quand même étrange. *Il faut encore chercher.* C'est ce qu'il m'a répondu. *Il faut toujours chercher*. Et il m'a demandé une nouvelle somme d'argent.

Je suis retourné voir Jean-Guillaume dans son hangar.

Il m'a réchauffé un bol de thé, peut-être le même que la fois précédente. Je lui ai raconté ma démarche à la Préfecture, l'embauche d'un enquêteur, la visite à la concierge, et finalement très peu de résultats. J'étais énervé contre le détective, j'expliquais qu'il me trompait sur son travail, il gardait les informations pour toucher plus d'argent.

Jean-Guillaume était désolé, il se caressait la barbe lentement, avec beaucoup de précaution, comme s'il avait peur que je lui arrache d'un coup. *Cette pauvre femme est à plaindre, elle n'a plus toute sa tête.* Il savait que je n'inventais pas, Cécile avait habité au numéro 35, nous étions allés ensemble dans l'immeuble. *Peut-être qu'elle a déménagé depuis longtemps ? Ou tu aurais pu la confondre avec une autre ?*

J'ai regardé Jean-Guillaume avec haine. Je me suis levé et suis reparti sans un mot.

Le soir même, j'ai décidé de téléphoner au détective. Il m'avait demandé de ne jamais l'appeler mais je n'en pouvais plus. Je m'étais disputé avec ma fille à propos des colis. Elle voulait ouvrir le plus gros, je refusais, je craignais que ce soit le lit double, le Noces royales. J'aurais eu du mal à expliquer pourquoi la femme du quatrième me faisait ce cadeau.

Le détective s'est montré très désagréable, je le dérangeais dans une affaire urgente.

Je lui ai demandé s'il avait avancé. Il m'a répondu d'un seul trait, il parlait à toute allure, il avait rencontré le proviseur du lycée Carnot et s'était fait passer pour un agent du fisc qui enquêtait sur l'association des parents d'élèves et soupçonnait une caisse noire tenue par la mère d'un garçon nommé Denis. J'étais stupéfié par son imagination, je l'aurais volontiers félicité, mais il continuait son flot de paroles, il avait fabriqué de faux papiers et s'était rendu au service d'état civil de la mairie du 17e arrondissement en se présentant comme un parent de Mademoiselle Cécile Garant pour obtenir la copie de son acte de mariage…

Le temps qu'il reprenne souffle, j'ai réussi à lui glisser que Garant, le nom de famille de Cécile, n'était pas complètement sûr, je ne l'avais jamais trouvé dans l'annuaire. Alors il s'est énervé, il m'a crié que c'était la cause de ses difficultés, il ne pouvait pas travailler s'il ne connaissait pas l'identité de Cécile, il était temps que je me décide. Je lui ai dit qu'il y avait peut-être une faute d'orthographe, on devait chercher un nom qui ressemble. Et là, il est devenu très agressif, il a hurlé dans le téléphone, il avait autre chose à faire que de chercher tous les noms de Paris, je devais arrêter de mentir sinon il renoncerait.

J'étais terrifié. Il ne disait plus rien, je l'entendais respirer fort. Je sentais qu'il doutait de mon histoire. Je n'avais aucun moyen de lui prouver l'existence de Cécile, je n'avais pas prévu que son nom serait un tel problème. Pourquoi est-ce que je n'avais pas interrogé la concierge autrefois ?

Je lui ai proposé une grosse somme s'il voulait bien chercher encore. Il a fait semblant d'hésiter, je l'ai entendu pousser une sorte de grognement. *On en reparlera.* Et il a raccroché.

J'étais perdu. Je cherchais l'impossible, Monsieur Marc avait raison. Sans le nom de famille de Cécile, la recherche s'écroulait. Et pendant ce temps-là, elle croupissait sans doute avec Denis dans une geôle, au fond d'une cave humide ou dans une pièce murée, avec JP qui les gardait jour et nuit.

Cette nuit-là j'ai pris un cahier et j'ai tenté de tout reconstituer depuis le début. Ma rencontre avec l'adolescente au Parc Monceau, les rendez-vous devant la Rotonde, les vacances en Angleterre, plus tard les promenades avec son fils, les réunions du lycée. Je notais tout, consciencieusement. J'ai passé des heures à écrire chaque détail, la moindre information qui m'aurait échappé. Je devais retrouver la trace de Cécile.

Lucie m'a réveillé en partant à l'école, je m'étais endormi sur mon bureau. J'ai continué d'écrire durant la journée, je noircissais des pages, je remplissais mon cahier.

Le soir j'avais terminé et j'ai téléphoné à Monsieur Marc. Je lui ai expliqué que j'avais consigné toutes les informations dont il avait besoin pour retrouver Cécile. Pour connaître son nom, vérifier qu'elle avait bien vécu rue Logelbach, chercher où elle était enfermée depuis sa disparition.

Nous nous sommes rencontrés à l'entrée du métro Père-Lachaise et je lui ai tendu une enveloppe pleine de billets de banque qu'il a soupesée d'un air entendu.

Nous n'avons échangé aucun mot et il est reparti avec mon cahier.

Au bout d'une semaine, il ne m'avait pas rappelé. Je craignais qu'il se soit enfui avec l'argent.

À la maison, l'ambiance était morose. Lucie me faisait la tête et il n'était plus question d'ouvrir de nouveaux cartons. Ces colis nous avaient fait du tort, j'avais menti à ma fille depuis le début, j'avais dû inventer des prétextes ridicules, tout allait me retomber dessus. Il était temps d'arrêter cette mascarade.

Durant la nuit, j'ai commencé à descendre les paquets dans la rue. Silencieusement, l'un après l'autre, tandis que Lucie dormait. Certains étaient trop grands pour entrer dans l'ascenseur et je devais les traîner dans l'escalier en essayant de ne pas réveiller les voisins.

Quand tout a été déposé sur le trottoir, je me suis senti soulagé et j'ai dormi longtemps.

Le matin, Monsieur Marc m'a téléphoné. Il avait une voix joyeuse, il était très excité. Je me suis demandé s'il n'était pas ivre. *J'ai une nouvelle pour vous.* J'ai senti mon cœur battre. *Vous l'avez retrouvée ?* Il a fait un ricanement. *Attendez qu'on se parle.* Je n'ai pas pu en savoir plus, il avait déjà raccroché en me donnant rendez-vous pour le soir.

Je suis vite descendu dans la rue pour récupérer mes cartons. Ils allaient enfin trouver leur vraie destination.

En bas tout avait disparu, les éboueurs étaient passés, ou peut-être le service de la voirie. J'ai téléphoné à la mairie, j'ai dû attendre une demi-heure avec une musique en boucle, une préposée m'a finalement répondu que c'était impossible, on ne pouvait pas reprendre ce qu'on avait jeté. J'ai pensé à l'argent dépensé, aux longues semaines avec les cartons dans le salon, j'étais furieux.

Il restait toute la journée à patienter.

Je suis allé voir Jean-Guillaume dans son hangar. Il n'a pas eu l'air surpris, il m'a accueilli en me regardant dans les yeux. *Je t'attendais.*

Il est allé vérifier que la porte était bien refermée, il espérait probablement une nouvelle confession.

Il s'est assis devant moi, les mains à plat sur la table, les bras légèrement écartés en geste d'accueil. Il n'a pas proposé son thé froid.

Nous sommes restés un moment silencieux, chacun attendant l'autre. Il me regardait fixement, je ne disais rien, je jubilais intérieurement.

Finalement je me suis décidé. *On l'a retrouvée.* Il a levé un sourcil étonné. *Le détective a retrouvé Cécile, il va tout me dire ce soir.*

Jean-Guillaume a eu l'air très contrarié. Il a croisé les bras et m'a regardé d'un air soupçonneux. *Vraiment ? Tu es bien sûr ?*

J'étais le plus heureux des hommes et il ne me croyait pas. Alors j'ai tout compris. Avec sa barbe et ses mines bienveillantes, il se nourrissait des malheurs d'autrui. J'ai pensé me lever et partir mais il a vite changé d'expression et repris son masque de sauveur.

J'aurais aimé lui sauter dessus et lui donner un coup de poing.

Ce n'était pas le moment de me battre. J'avais attendu Cécile pendant plus de trente ans, j'allais enfin la posséder, une telle journée appelait à la clémence. J'ai préféré parler de ma vie future, l'appartement, les deux enfants, une nouvelle famille.

Jean-Guillaume m'écoutait en silence. Je ne sais pas s'il m'approuvait ou s'il se taisait pour ne pas me contredire. À un moment il s'est mis à me parler de lui. Il m'a raconté que tous ses amis avaient fui. Ils s'étaient habitués à sa mort. Quand ils avaient su que le suicide était raté, ils n'avaient pas supporté de le revoir vivant.

Il se taisait, l'air sombre. *Une fois qu'on est mort, on reste mort, on ne change pas de camp.*

J'ai repensé à ce qu'avait dit la fonctionnaire de la voirie, ce qui est jeté est jeté, on ne peut pas le récupérer. Je me demandais si la comparaison était pertinente, je n'ai pas osé la faire.

Jean-Guillaume a poursuivi. Il disait qu'on peut continuer à vivre, même si les autres ne le savent pas. Il en était certain. Après la mort, on disparaît, on vit autrement, on continue son chemin seul. *Un jour, on réapparaît.* Il m'a souri. *Ou bien on ne réapparaît pas.*

J'étais très mal à l'aise, je ne comprenais pas s'il faisait allusion à la disparition de Cécile, c'était angoissant qu'il parle de mort le jour où je devais la revoir. Qu'est-ce qu'il en savait, de cette histoire ?

Sa tête d'oracle m'était insupportable. Je suis vite reparti.

J'avais rendez-vous avec Monsieur Marc dans un café du boulevard Bonne-Nouvelle.

Je suis arrivé en avance, espérant qu'il serait déjà là. Mais il n'est pas venu à l'heure convenue et j'ai attendu longtemps. Je craignais qu'il ait changé d'avis ou surgisse sans nouvelles, seulement pour réclamer de l'argent.

Il est arrivé avec une heure de retard. Il portait un chapeau à bords larges qui le rendait méconnaissable.

Il s'est assis sans un mot et a trituré longuement son chapeau. *Plaimoute, vous vous rappelez ?* Il me posait la question sans me regarder, comme s'il attendait une simple confirmation de ma part, un souvenir que nous avions en commun. Ce nom de Plaimoute ne me disait rien. J'ai pris un air perplexe. *Plaimoute, vous m'en aviez parlé le premier jour.* Je cherchais dans ma tête, je ne lui avais jamais parlé d'un quelconque Plaimoute.

Il regardait son chapeau, il fuyait mon regard. *J'ai lu votre texte, tout est faux, vous le savez bien.* J'ai voulu protester mais il ne m'a pas laissé parler. *Je suis parti de la fin, cette femme qui disparaît avec son fils et son mari, ça ne va nulle part, alors je suis remonté en arrière, le couple des filles, Monsieur et Madame Garant, je ne sais pas d'où vous les avez sortis, c'est de la fumée.* Il s'est interrompu, m'a jeté un œil en coin. *Mais avant, le voyage en Angleterre, le séjour à Plaimoute, ça colle.*

J'ai soudain compris qu'il prononçait mal, il parlait de Plymouth. Oui, maintenant je me souvenais de Plymouth, c'est là que Cécile était en séjour scolaire pendant que j'habitais dans une famille anglaise.

Le détective a plongé les yeux dans son chapeau. Il a poussé un long soupir. *J'y suis allé, à Plaimoute, j'ai passé trois jours là-bas pour retrouver votre Cécile.* J'étais stupéfait, je n'arrivais pas à croire qu'il avait fait le déplacement, mais il semblait sincère. *C'est compliqué à vous expliquer...* Il hésitait à poursuivre, je ne comprenais pas où il voulait en venir. *Voilà, vous ne me devez plus rien, on est quittes.*

Il s'est levé sans me regarder. *Votre amie est morte dans un accident à Plaimoute.* Il a remis son chapeau, il voulait s'en aller mais je l'ai rattrapé par la manche, je l'ai forcé à se rasseoir. Je ne pouvais pas le croire, je n'allais pas le laisser filer sur un mensonge pareil. *Qu'est-ce que vous racontez ? Vous avez une preuve ?* Il a hoché la tête. *Cécile Guitton, c'est son nom de famille, Guitton, elle était en autocar avec son collège.* Je ne comprenais rien, il détournait les yeux. *Il allait où, cet autocar ? C'est récemment ?* Il m'a regardé avec pitié. *Non, mon ami, pas récemment. Sur l'acte de décès, c'est marqué le 13 juillet 1964.* J'étais abasourdi.

Il en a profité pour se relever et partir à grandes enjambées vers la sortie.

Je n'ai jamais cru à cette version. Monsieur Marc était un détective malhonnête, il voulait me soutirer mon argent. Il sentait que son enquête serait compliquée mais il avait déjà touché une belle somme. Alors il a inventé une histoire à Plymouth. Je lui avais parlé de mon séjour en Angleterre, j'avais peut-être nommé la ville, il en a profité pour arranger une solution facile. En faisant mourir Cécile quand elle était adolescente, il n'avait plus besoin d'enquêter sur sa disparition. C'était commode.

Mais Cécile n'était pas morte, ni autrefois ni aujourd'hui. Elle est vivante.

Je suis rentré chez moi. Ma fille m'attendait. Je l'ai embrassée et nous avons préparé le dîner ensemble. C'était la première fois depuis longtemps. Lucie ne m'a pas demandé où étaient passés les cartons.

C'était une cause de disputes, j'avais eu raison de les jeter.

Le soir je me suis couché et j'ai réfléchi calmement.

Cécile est quelque part, je dois patienter, personne ne peut m'empêcher de l'attendre. Quand elle trouvera le bon moment, je serai là.

Cela me rend très heureux.

Merci à Cristina Comencini pour son aide précieuse
et son fidèle soutien.

L'INFINI

Dans la même collection

Daniel ACCURSI *Le néogâtisme gélatineux — La nouvelle guerre des dieux — La pensée molle*

Louis ALTHUSSER *Sur la philosophie*

Dominique AURY *Vocation : clandestine (Entretiens avec Nicole Grenier)*

Frédéric BADRÉ *L'avenir de la littérature*

Julien BATTESTI *L'imitation de Bartleby*

Olivier BAUMONT *« À l'Opéra, monsieur ! » (La musique dans les* Mémoires *de Saint-Simon)*

Frédéric BEIGBEDER *Nouvelles sous ecstasy*

Pierre Alain BERGHER *Les mystères de* La Chartreuse de Parme *(Les arcanes de l'art)*

Emmanuèle BERNHEIM *Le cran d'arrêt*

Frédéric BERTHET *Journal de Trêve — Felicidad — Daimler s'en va — Simple journée d'été*

Victor BOCKRIS *Avec William Burroughs (Notre agent au Bunker)*

Amélie de BOURBON PARME *Le sacre de Louis XVII*

Pierre BOURGEADE *L'objet humain — L'argent — Éros mécanique — La fin du monde*

Judith BROUSTE *Le cercle des tempêtes — Jours de guerre*

Antoine BUÉNO *L'amateur de libérines*

Alain BUISINE *Les ciels de Tiepolo*

François CAILLAT *La vraie vie de Cécile G.*

Emmanuel CATALAN *Prolégomènes à une révolution immédiate*

Brigitte CHARDIN *Juste un détour*

Frank CHARPENTIER *La dernière lettre de Rimbaud*

COLLECTIF *Poésie hébraïque du IVe au XVIIIe siècle (Choix de poèmes)*

COLLECTIF (sous la direction de Yannick Haenel et François Meyronnis) *Ligne de risque (1997-2005)*

Béatrice COMMENGÉ *Et il ne pleut jamais, naturellement — L'homme immobile — Le ciel du voyageur — La danse de Nietzsche*

Gilles CORNEC *Gilles ou Le spectateur français — L'affaire Claudel*

Michel CRÉPU *Lecture (Journal littéraire 2002-2009* - La Revue des Deux Mondes*)*

Catherine CUSSET *La blouse roumaine*

Marc DACHY *Il y a des journalistes partout (De quelques coupures de presse relatives à Tristan Tzara et André Breton)*

Joseph DANAN *Allégeance*

Mathieu DAVID *Barcelone brûle*

René DEFEZ *Méditations dans le temple*

Raphaël DENYS *Le testament d'Artaud*

Marcel DETIENNE *L'écriture d'Orphée*

Conrad DETREZ *La mélancolie du voyeur*

Jacques DRILLON *Sur Leonhardt — De la musique*

Bernard DUBOURG *L'invention de Jésus*, I et II *(L'hébreu du Nouveau Testament* et *La fabrication du Nouveau Testament)*

Hélène DUFFAU *Combat — Trauma*

Benoît DUTEURTRE *Tout doit disparaître — L'amoureux malgré lui*

Alexandre DUVAL-STALLA *François-René de Chateaubriand – Napoléon Bonaparte : une histoire, deux gloires (Biographie croisée) — Claude Monet – Georges Clemenceau : une histoire, deux caractères (Biographie croisée) — André Malraux – Charles de Gaulle : une histoire, deux légendes (Biographie croisée)*

Raphaël ENTHOVEN *Le philosophe de service (Et autres textes) — L'endroit du décor*

Hans Magnus ENZENSBERGER *Feuilletage — La grande migration* suivi de *Vues sur la guerre civile*

François FÉDIER *Soixante-deux photographies de Martin Heidegger*

Jean-Louis FERRIER *De Picasso à Guernica (Généalogie d'un tableau)*

Michaël FERRIER *François, portrait d'un absent — Mémoires d'outre-mer — Fukushima (Récit d'un désastre) — Sympathie pour le fantôme — Tokyo (Petits portraits de l'aube)*

Alain FLEISCHER *Petites histoires d'infinis — Prolongations — Immersion*

Philippe FOREST *L'enfant éternel*

Hadrien FRANCE-LANORD *La couleur et la parole (Chemins de Paul Cézanne et de Martin Heidegger)*

Philippe FRAISSE *Le cinéma au bord du monde (Une approche de Stanley Kubrick)*

Jean GATTY *Le président (Dialogue) — Le journaliste (Dialogue)*

Henri GODARD *L'autre face de la littérature (Essai sur André Malraux et la littérature)*

Romain GRAZIANI *Fictions philosophiques du « Tchouang-tseu »*

Camille GUICHARD *Vision par une fente*

Cécile GUILBERT *L'écrivain le plus libre — Pour Guy Debord — Saint-Simon ou L'encre de la subversion*

Pierre GUYOTAT *Vivre*

Yannick HAENEL *Papillon noir* suivi de *Longer à pas de loup — Tiens ferme ta couronne — Je cherche l'Italie — Les Renards pâles — Jan Karski — Cercle — Évoluer parmi les avalanches — Introduction à la mort française*

Yannick HAENEL et François MEYRONNIS *Prélude à la délivrance*

Martin HEIDEGGER *La dévastation et l'attente (Entretien sur le chemin de campagne)*

Jean-Luc HENNIG *De l'extrême amitié (Montaigne & La Boétie) — Voyou* suivi de *Conversation au Palais-Royal* par Mona Thomas — *Femme en fourreau — Apologie du plagiat — Bi (De la bisexualité masculine)*

Friedrich-Wilhelm von HERRMANN et Francesco ALFIERI *Martin Heidegger (La vérité sur ses* Cahiers noirs*)*

Jean-Louis HOUDEBINE *Excès de langage*

Nicolas IDIER *La musique des pierres*

Alain JAUBERT *La moustache d'Adolf Hitler (Et autres essais) — Val Paradis — Palettes*

Régis JAUFFRET *Sur un tableau noir — Seule au milieu d'elle*

Christine JORDIS *L'aventure du désert*

Alain JOUFFROY *Conspiration — Manifeste de la poésie vécue (Avec photographies et arme invisible)*

Jack KEROUAC *Journaux de bord (1947-1954) — Vieil Ange de Minuit* suivi de *citéCitéCITÉ* et de *Shakespeare et l'outsider*

Alain KIRILI *Statuaire*

Julia KRISTEVA *Histoires d'amour*

Bernard LAMARCHE-VADEL *Tout casse — Vétérinaires*

Louis-Henri de LA ROCHEFOUCAULD *La Révolution française*

Lucile LAVEGGI *Le sourire de Stravinsky — Damien — Une rose en hiver — La spectatrice*

Sandrick LE MAGUER *Portrait d'Israël en jeune fille (Genèse de Marie)*

Bruno LE MAIRE *Musique absolue (Une répétition avec Carlos Kleiber)*

Philippe LIMON *Phallus — Scène de la vie conjugale*

Gordon LISH *Zimzum*

Jean-Michel LOU *L'autre lieu (De la Chine en littérature) — Corps d'enfance corps chinois (Sollers et la Chine) — Le petit côté (Un hommage à Franz Kafka)*

Pierre MARLIÈRE *Variations sur le libertinage (Ovide et Sollers)*

Éric MARTY *Une querelle avec Alain Badiou, philosophe — Bref séjour à Jérusalem — Louis Althusser, un sujet sans procès (Anatomie d'un passé très récent)*

Gabriel MATZNEFF *Les Demoiselles du Taranne (Journal 1988) — Calamity Gab (Journal janvier 1985-avril 1986) — Mes amours décomposés (Journal 1983-1984) — Les Soleils révolus (Journal 1979-1982) — La passion Francesca (Journal 1974-1976) — La prunelle de mes yeux*

Jeffrey MEHLMAN *Legs de l'antisémitisme en France*

François MEYRONNIS *Tout autre (Une confession) — Brève attaque du vif — De l'extermination considérée comme un des beaux-arts — L'axe du Néant — Ma tête en liberté*

Catherine MILLOT *Un peu profond ruisseau… — La vie avec Lacan —* O Solitude *— La vie parfaite (Jeanne Guyon, Simone Weil, Etty Hillesum) — Abîmes ordinaires — Gide Genet Mishima (Intelligence de la perversion) — La vocation de l'écrivain*

Claude MINIÈRE *Encore cent ans pour Melville — Pound caractère chinois*

Emmanuel MOSES *Rien ne finit — Ce jour-là — Le théâtre juif (Et autres textes) — Le rêve passe — Un homme est parti*

Stéphane MOSÈS *Instantanés* suivi de *Lettres à Maurice Rieuneau (1954-1960) — Rêves de Freud (six lectures)*

Philippe MURAY *Le XIXe siècle à travers les âges*

Marc-Édouard NABE *Je suis mort — Visage de Turc en pleurs — L'âme de Billie Holiday*

Alain NADAUD *Voyage au pays des bords du gouffre — L'envers du temps — Archéologie du zéro*

Dominique NOGUEZ *L'homme de l'humour — Le grantécrivain (& autres textes) — Immoralités* suivi d'un *Dictionnaire de l'amour — Amour noir — Les Martagons*

David di NOTA *Ta femme me trompe — Bambipark* suivi de *Têtes subtiles et têtes coupées — J'ai épousé un Casque bleu* suivi de *Sur la guerre — Projet pour une révolution à Paris — Traité des élégances,* I — *Quelque chose de très simple — Apologie du plaisir absolu — Festivité locale*

Rachid O. *Ce qui reste — Chocolat chaud — Plusieurs vies — L'enfant ébloui*

Jean-Luc OUTERS *Le dernier jour*

Marc PAUTREL *Le peuple de Manet — L'éternel printemps — La vie princière — La sainte réalité (Vie de Jean-Siméon Chardin) — Une jeunesse de Blaise Pascal — Orpheline — Polaire — Un voyage humain — L'homme pacifique*

Marcelin PLEYNET *L'expatrié — Le retour — L'étendue musicale — Chronique vénitienne — Le savoir-vivre — Rimbaud en son temps — Le Póntos — Les voyageurs de l'an 2000 — Le plus court chemin (De* Tel Quel *à* L'Infini*) — Le propre du temps — Les modernes et la tradition — Prise d'otage — Fragments du chœur*

Olivier POIVRE D'ARVOR *Les dieux du jour (Essai sur quelques mythologies contemporaines)*

Jean-Yves POUILLOUX *L'art et la formule — Montaigne, une vérité singulière*

Lakis Proguidis *Un écrivain malgré la critique (Essai sur l'œuvre de Witold Gombrowicz)*

Jean-Luc Quoy-Bodin *Un amour de Descartes*

Thomas A. Ravier *L'œil du prince — Éloge du matricide (Essai sur Proust) — Le scandale McEnroe — Les aubes sont navrantes*

Valentin Retz *Noir parfait — Double — Grand art*

Alina Reyes *Quand tu aimes, il faut partir — Au corset qui tue*

Jacqueline Risset *Les instants les éclairs — Petits éléments de physique amoureuse*

Alain Roger *Proust, les plaisirs et les noms*

Dominique Rolin *Plaisirs* suivi de *Messages secrets (Entretiens avec Patricia Boyer de Latour) — Plaisirs (Entretiens avec Patricia Boyer de Latour) — Train de rêves — L'enfant-roi*

André Rollin *Quelle soirée*

Clément Rosset *Route de nuit (Épisodes cliniques)*

Jean-Philippe Rossignol *Vie électrique*

Wanda de Sacher-Masoch *Confession de ma vie*

Guillaume de Sardes *L'Éden la nuit*

Jean-Jacques Schuhl *Obsessions — Entrée des fantômes — Ingrid Caven*

Bernard Sichère *L'Être et le Divin — Pour Bataille (Être, chance, souveraineté) — Le Dieu des écrivains — Le nom de Shakespeare — La gloire du traître*

Philippe Sollers *Poker (Entretiens avec la revue* Ligne de risque*) — Le rire de Rome (Entretiens avec Frans De Haes)*

Leo STEINBERG *La sexualité du Christ dans l'art de la Renaissance et son refoulement moderne*

Mathieu TERENCE *De l'avantage d'être en vie*

Bernard TEYSSÈDRE *Le roman de l'Origine* (Nouvelle édition revue et augmentée)

Olivier-Pierre THÉBAULT *La musique plus intense (Le temps dans les* Illuminations *de Rimbaud)*

François THIERRY *La vie-bonsaï*

Chantal THOMAS *Casanova (Un voyage libertin)*

Guy TOURNAYE *Radiation — Le décodeur*

Jeanne TRUONG *La nuit promenée*

Jörg von UTHMANN *Le diable est-il allemand?*

R. C. VAUDEY *Manifeste sensualiste*

Philippe VILAIN *L'été à Dresde — Le renoncement — La dernière année — L'étreinte*

Arnaud VIVIANT *Le génie du communisme*

Patrick WALD LASOWSKI *Dictionnaire libertin (La langue du plaisir au siècle des Lumières) — Le grand dérèglement*

Bernard WALLET *Paysage avec palmiers*

Stéphane ZAGDANSKI *Miroir amer — Les intérêts du temps — Le sexe de Proust — Céline seul*

Composition : Entrelignes (64)
Achevé d'imprimer par Normandie Roto Impression s.a.s.
A Lonrai, en juillet 2021.
Dépôt légal : juillet 2021.
Numéro d'imprimeur : 2102642

ISBN : 978-2-07-295358-3/ Imprimé en France.

397992